D0778166

MOTEL
Lorraine

DE LA MÊME AUTEURE

Mémoires d'une enfant manquée, Stanké, 2012

BRIGITTE PILOTE

Une société de Québecor Média

Catalogage avant publication de Bibliothèque et Archives nationales du Québec et Bibliothèque et Archives Canada

Pilote, Brigitte
Motel Lorraine
ISBN 978-2-7604-1121-0
I. Titre.

PS8631.I485M67 2013   C843'.6   C2012-942700-4
PS9631.I485M67 2013

Édition : Romy Snauwaert
Révision linguistique : Céline Bouchard
Correction d'épreuves : Gervaise Delmas
Couverture : Marike Paradis
Grille graphique intérieure : Chantal Boyer
Mise en pages : Axel Pérez de León
Photo de l'auteure : Sarah Scott

Bien qu'inspiré par certains faits et personnes réels, cet ouvrage est une œuvre de fiction et le fruit de l'imagination de l'auteure.

Remerciements
Nous reconnaissons l'aide financière du gouvernement du Canada par l'entremise du Fonds du livre du Canada pour nos activités d'édition.
Nous remercions le Conseil des Arts du Canada et la Société de développement des entreprises culturelles du Québec (SODEC) du soutien accordé à notre programme de publication.
Gouvernement du Québec – Programme de crédit d'impôt pour l'édition de livres – gestion SODEC.

Les Éditions internationales Alain Stanké
Groupe Librex inc.
Une société de Québecor Média
La Tourelle
1055, boul. René-Lévesque Est
Bureau 300
Montréal (Québec) H2L 4S5
Tél. : 514 849-5259
Téléc. : 514 849-1388
www.edstanke.com

Dépôt légal – Bibliothèque et Archives nationales du Québec et Bibliothèque et Archives Canada, 2013

ISBN : 978-2-7604-1121-0

Distribution au Canada
Messageries ADP
2315, rue de la Province
Longueuil (Québec) J4G 1G4
Tél. : 450 640-1234
Sans frais : 1 800 771-3022
www.messageries-adp.com

Diffusion hors Canada
Interforum
Immeuble Paryseine
3, allée de la Seine
F-94854 Ivry-sur-Seine Cedex
Tél. : 33 (0) 1 49 59 10 10
www.interforum.fr

À mes parents,
Lucie et Louis-Marie

1968

Enfin libre

L'air cru d'avril le saisit lorsqu'il sortit en chemise sur le balcon du motel. Il leva les yeux
vers le ciel, où l'orage qui tourmentait Memphis
depuis plusieurs jours continuait de menacer. Il
songea un instant à retourner dans la chambre
prendre sa veste avant d'aller manger chez le
révérend Kyles.

Il s'accouda à la rambarde et, s'inclinant vers
le parking en contrebas, demanda au musicien
Ben Branch s'il pouvait jouer *Precious Lord,
Take my Hand* plus tard à la réunion du soir.

Puis la balle l'atteignit de plein fouet au
visage, à 18 h 01, le projetant sur le dos les
bras en croix. Il n'avait eu aucune chance de se
protéger.

Avant de s'éteindre, tandis qu'on s'affolait
autour de sa tête auréolée de sang, il vit les
visages chéris de Coretta et de leurs quatre
enfants.

« Enfin libres ! Enfin libres ! Grâce soit
rendue au Dieu tout-puissant, nous sommes
enfin libres », proclamerait son épitaphe.

1978

Gloire

Comme la vie est belle ici ! se disait chaque jour Louisiane, dans cet appartement de South Main où elle regardait tranquillement la télévision, à l'affût du bruit que feraient les pas de Lonzie lorsqu'il remonterait du studio de photographie.

Nulle trace ne subsistait de la colère qui avait commencé de couver en elle quand il avait fallu encore plier bagage, en abandonnant cette fois son chat à une fin cruelle. Pendant les interminables heures du trajet vers Memphis, elle avait ruminé, le front appuyé contre la vitre pour ne pas voir le profil de sa mère au volant, ni ses grosses mains au bout des manchons de bracelets tintant à chaque cahot de la route.

Comment faire confiance à une femme qui n'aime pas les animaux, se disait Louisiane, *et pas davantage les hommes, à qui elle distribue ses fausses promesses de lendemains qui chantent ?*

À Memphis, cette sourde colère contre sa mère s'était installée pour de bon lorsqu'elle avait compris que ce Motel Lorraine triste comme un tombeau deviendrait leur domicile, leur seul horizon. Le portrait lui était apparu incroyablement clair, comme révélé par la lumière crue du Sud, par ce soleil encore plus cuisant, semblait-il, dans ce quartier pauvre où se trouvait le motel : sa mère était une femme dénuée d'ambition, obèse et malade, refusant de surcroît de se faire soigner. Dès lors, l'adolescente n'avait eu qu'un désir : partir. Fuir cette piètre existence que Sonia ne semblait éprouver aucun remords à offrir à ses deux filles, sauf en de rares moments de lucidité qui la plongeaient dans un état d'abattement qu'elle s'acharnait à surmonter, comme tous ses problèmes, en chantant *Blue Suede Shoes* à tue-tête.

Bien avant Memphis, lorsque Louisiane et Georgia étaient petites, Sonia avait si souvent chanté cet air de son idole (ce qui n'avait pas son pareil pour chasser la guigne, affirmait-elle), tandis que les fillettes tenaient grand ouvert le sac à main qu'elle fouillait pour trouver ce qui restait de l'argent des derniers clients, leurs doigts menus s'agrippant aux ganses comme au rebord d'un chapeau d'où un lapin sortirait bientôt. Sonia trouvait quelques pièces, puis passait un coup de fil, un sourire triomphant collé au visage – un sourire niais, le qualifiait maintenant Louisiane. Une demi-heure plus tard, une pile de boîtes odorantes était livrée à leur porte avec trois Coca-Cola. Louisiane avait mis du temps à comprendre que cette magie était celle des miséreux, et que si Sonia faisait apparaître de quoi manger, jamais elle ne parvenait à acheter autre chose que les nourritures grasses qui calmaient leurs estomacs creux : une entrée au cinéma ou au musée, quelques livres, un chien pour Georgia, qui les adorait.

Encore récemment, avec quelle véhémence leur mère avait refusé que Georgia intègre la chorale de Brown Chapel Church, appréhendant l'achat d'une coûteuse robe de soliste, ou même d'une simple chasuble de choriste ! Et voyant à quel point sa jeune sœur si sage tempêtait pour obtenir cette permission, observant sa figure poupine se tordre de rage et anticipant son long cri rauque qui marquait toujours la fin de ces disputes, Louisiane s'était réjouie que se décillent enfin ses yeux d'enfant. Car en unissant leurs forces, elles finiraient bien par avoir raison de leur mère. Sans relâche, Georgia était revenue à la charge. Sonia avait fini par acquiescer, ayant obtenu l'assurance que Jacqueline assumerait tous les frais.

L'argent gagné par leur mère servait uniquement à manger, ainsi qu'à payer leur chambre dans les motels où elles avaient vécu au fil des ans – avec beaucoup de retard, ce qui valut plusieurs fois à la petite famille d'être expulsée.

Le soir, alourdie par le sucre et les fritures, Sonia s'allongeait et brassait lentement son jeu de cartes, semblant oublier pour quelques heures qu'une journée aussi vaine succéderait à celle qui s'achevait pesamment.

Comment peut-on avoir aussi faim quand il fait chaud à en crever ? se questionnait

Louisiane, songeant aux rondelles d'oignon que sa mère engloutissait à la vitesse de l'éclair, au *peach cobbler* dont Georgia ne semblait jamais se rassasier.

Peu après leur arrivée à Memphis, Louisiane avait décidé de ne plus manger. L'idée s'était imposée à elle comme une évidence, sans savoir que son corps de brindille aurait une valeur marchande, avant même de découvrir que ses nouvelles mensurations seraient au goût du jour et feraient oublier ses yeux trop petits qui l'empêchaient d'être jolie, croyait-elle. Avec un peu de volonté, en quelques mois à peine, elle perdit ses rondeurs d'enfant gavée de frites et de pizzas. Et en moins de temps encore, jubilat-elle, la privation de nourriture triompha là où les cris et les bouderies avaient échoué : plus sûrement que les dures paroles, l'anorexie porta à sa mère le coup de grâce dont ni *Blue Suede Shoes* ni *Love Me Tender* ne parviendraient à la relever.

Les repas prirent une fâcheuse tournure. Sonia reprochait à Louisiane de ressembler de plus en plus à cette affreuse Kathleen O'Sullivan, maigre à faire peur aux oiseaux, qu'elle avait connue dans sa jeunesse. Elle criait, montrait la porte à Louisiane, puisqu'elle semblait si bien savoir comment mener sa vie. L'instant d'après, elle se mettait à pleurer et suppliait sa fille d'avaler une bouchée, rien qu'une bouchée. Mais il était trop tard : torturée par la faim, mais libre de toute attache, l'adolescente ne lui obéissait plus.

Puis Louisiane avait croisé Lonzie Smith au Four Way Grill.

Il était photographe. On l'avait chargé de repérer les plus jolies filles de Memphis pour la parade du prochain Carnaval du coton. Tandis que Louisiane attendait au comptoir, il lui avait soufflé à l'oreille qu'elle était diablement belle, avec ce port de reine et ces jambes fines donnant fière allure à son vieux blue-jean et à sa chemisette ordinaire. C'étaient là les qualités d'un vrai mannequin. Une fille comme elle séduirait le comité du carnaval, il en aurait mis sa main au feu.

Ce jour gris d'avril, tout ce que Louisiane mourait d'envie d'entendre fut prononcé par cet homme. *C'est ce que voit quelqu'un qui me regarde avec des yeux neufs*, avait-elle pensé, ravie de tenir la preuve que sa mère se trompait sur toute la ligne à son sujet. S'imaginant dans les atours d'une princesse du Carnaval du coton, elle avait ressenti une joie féroce à l'idée de cette revanche sur Sonia.

Elle s'était rendue au studio de photographie dont il lui avait donné l'adresse.

Une fois installée dans l'appartement au-dessus du studio, Louisiane ne tarda pas à s'apercevoir que Lonzie détestait ce carnaval qui le contraignait à gaspiller son talent. Il ne passerait pas sa vie à faire des portraits de poulettes sur commande, ronchonnait-il le soir en déboutonnant sa chemise de travail.

L'adolescente eut à cœur de préserver la bonne humeur du photographe, car la gloire pouvait attendre, se disait-elle, et tout en continuant secrètement d'espérer devenir l'une des sept princesses du carnaval, elle se mit à dénigrer l'événement avec lui. Cela débuta comme un jeu entre eux, modéré par Aaron Eagle, qui ne pouvait tolérer qu'on morde la main qui nous nourrit. Mais dès qu'ils se retrouvaient seuls, cette saloperie de Carnaval du coton, ainsi qu'ils prenaient tous deux plaisir à l'appeler, devenait la cible sur laquelle il faisait bon déverser toute l'amertume qu'ils avaient accumulée – lui dans sa fruste vie d'homme aux desseins contrariés, elle dans sa courte existence d'enfant négligée.

La gloire et les beaux vêtements peuvent attendre un peu, se répétait Louisiane. Comme l'achat des meubles neufs qui garniraient la maison qu'elle habiterait un jour avec Lonzie, dont elle s'appliquait à dresser la longue liste en indiquant pour chacun le juste prix, établi avec l'aplomb d'une ménagère avisée. Ce nouveau savoir, elle le devait à l'émission *The Price is Right*, qu'elle remerciait en secret d'œuvrer à enrayer gratuitement l'ignorance crasse de ceux qui, comme elle, n'avaient pas eu la chance de fréquenter les magasins à rayons.

Elle posséderait toutes ces merveilles aussitôt qu'elle toucherait ses premiers cachets de mannequin.

1977

Chambre 306

[Jacqueline]

La dame l'a louée, comme si de rien n'était. C'était notre seule chambre libre. Chaque année c'est pareil : le motel ne désemplit pas pendant le Carnaval du coton. Au début, j'ai cru qu'elle venait de Baton Rouge, à cause de son accent, mais c'est du Canada qu'elle nous arrive avec ses deux filles.

L'aînée m'a demandé c'était quoi un carnaval et je lui ai parlé de la parade, avec le roi, la reine et les jolies princesses sur un somptueux char allégorique tout illuminé. Quand j'étais petite fille, la parade partait du port et se dirigeait ensuite sur Main Street. Les chars allégoriques apparaissaient comme par magie, à la nuit tombée, sur des barges flottant sur le Mississippi. Avec des feux d'artifice s'il vous plaît ! On se rassemblait par milliers pour les voir arriver. Il n'y avait pas d'événement plus grandiose à Memphis.

Lonzie avait à peine cinq ans quand il a demandé à papa pourquoi les gens de couleur étaient seulement les mules au Carnaval du coton, jamais le couple royal ni les princesses. Autrefois, les chars allégoriques étaient tirés par des Noirs attelés par groupes de six. Bien sûr, papa l'avait fait taire. On était là pour s'amuser, pas pour regimber. Mais déjà haut comme trois pommes, Lonzie ne pensait pas comme nous autres. Moi, l'idée que je pourrais être une princesse ne m'a jamais traversé l'esprit.

« Ça vous plairait de manger des *ribs* sur le barbecue ? » que j'ai demandé aux deux filles. Tout le monde se gave de *ribs* pendant le carnaval. Mais avant même qu'elles puissent me répondre, leur mère leur a chuchoté quelque chose et j'ai compris à la tête des gamines qu'il n'y aurait pas de fête pour elles ce soir. La pauvre dame n'avait qu'une envie, j'imagine, après ce long voyage : se mettre au lit. Surtout qu'elle n'avait pas l'air solide sur ses jambes.

M. Bailey a été aussi surpris que moi qu'elle prenne la chambre. C'est à croire qu'ils n'ont pas la télévision ni les journaux au Canada ! Cette sombre journée où on a tué notre berger. Son précieux sang versé pour nous sur le balcon, juste devant la chambre 306. Personne n'a voulu la louer après. Sauf qu'elle n'aurait rien trouvé ailleurs en ville, c'est certain.

À part leur accent, je n'ai rien remarqué de spécial. Une mère comme une autre, avec ses enfants. L'aînée n'est pas souriante ni causante. La plus jeune a de grands yeux, presque trop grands pour son visage. C'est étrange, mais elle me fait penser à moi-même à cet âge.

Dès qu'un nouveau venu se pointe au motel, je me fais un devoir de repasser dans ma tête les photos et les portraits-robots que j'ai vus dans les journaux ou à la télévision. On peut se défriser ou se faire pousser la moustache tant qu'on voudra, mais on ne peut pas changer le visage que Dieu nous a donné. Le Lorraine a déjà eu sa part de soucis et on n'est jamais trop méfiants. Ça grouille de types paumés à Downtown, comme les prisonniers que Shelby County relâche dans la nature, faute de pouvoir les garder tous en dedans. Et qu'ils se débrouillent après pour trouver du travail ! Le cours du coton est au plus bas et on n'embauche plus au port comme autrefois, alors ces types errent dans le quartier comme des âmes en peine.

Quand je pense que Lonzie était un si gentil petit gars.

Tuer le temps

[Georgia]

Il fait diablement chaud à Memphis. Dès le coup de midi, on n'entend plus aboyer un seul chien. Les vers de terre sont secs comme des lacets de bottines sur l'asphalte du parking.

La piscine du Motel Lorraine est vide, malheureusement, vu que l'eau a fui par la méchante crevasse qui zigzague au fond du bassin. Et pas l'ombre d'un arbre pour nous protéger de ce soleil d'enfer ! Des employés de la Ville de Memphis les ont tous coupés au lendemain de l'assassinat de Martin Luther King. C'est Jacqueline, la femme de chambre, qui me l'a raconté. Et un arbre met une éternité à pousser.

« On est foutues », a beuglé Lou en donnant un coup de poing dans les bandelettes de plastique de la chaise où nous sommes perchées pour ne pas nous brûler la plante des pieds sur la mer de béton qui nous entoure.

On a quitté Montréal en pleine nuit quand notre mère a décidé qu'il était temps de partir. Lou n'était pas d'accord, mais notre mère ne discute plus avec ma sœur.

Elle nous a permis d'emporter seulement l'essentiel et ses disques d'Elvis. Je ne suis plus un bébé, alors j'ai laissé la loque de soie rouge que je traînais partout. Lou a dû abandonner son chat. On ne sait jamais s'ils accepteront les animaux : au motel, c'est pas comme si vous étiez vraiment chez vous.

Notre mère a fait osciller son pendule au-dessus de la carte pour connaître notre destination : Memphis, Tennessee. On est montées toutes les trois à bord de la vieille automobile qu'elle avait négociée ferme et payée le prix qu'elle avait en tête, pas un *cent* de plus. C'est mal de jeter l'argent par les fenêtres.

Pendant des heures, on a roulé vers le sud. Lou faisait la gueule, tournée vers la portière pour ne voir personne, surtout pas notre mère. Elle lui en veut à mort à cause de son chat. Assise sur la banquette arrière, j'avais envie de chanter pour tuer le temps, mais c'était vraiment pas le moment.

Depuis quelques jours, Lou porte un blue-jean très serré sur elle, alors qu'une robe comme la mienne ferait bien mieux l'affaire avec cette chaleur. Il est tellement étroit qu'elle doit s'allonger pour l'enfiler ! Elle attend que notre mère ait refermé la porte de la salle de bains, elle se jette sur le lit, se tortille pour faire passer le blue-jean par-dessus les os pointus de ses hanches et parvient à l'attacher seulement en arrêtant de respirer. Je lui ai demandé avec quoi elle l'avait acheté, vu que je sais qu'elle n'a pas d'argent. C'est Jacqueline qui le lui a donné.

Comme la montre-bracelet. Lou m'a juré sur la tête de son chat que Jacqueline avait trouvé le blue-jean et la montre dans une chambre en faisant le ménage. Pour me prouver qu'elle n'est pas neuve, elle m'a fait voir l'usure du bracelet. Elle pense peut-être que je la crois. J'ai dit : « Partie comme tu es, tu vas devenir la reine des menteuses, comme notre mère. » Et se faire dire qu'elle lui ressemble, c'est ce que Lou déteste le plus au monde.

On n'attire pas les clients avec de mauvais présages. Voilà pourquoi notre mère doit mentir. Même si c'est ce qu'elle voit dans les cartes, elle évite d'annoncer au type qu'il va tomber malade ou avoir un accident, sinon on ne reverrait jamais la couleur de son argent. Vu qu'il faut bien manger, elle lui prédit qu'il va gagner une forte somme à la loterie ou croiser bientôt la femme de ses rêves. Le client quitte toujours la chambre le sourire aux lèvres et revient la voir encore et encore.

Elle lit dans les cartes, mais elle ne cause plus avec les morts comme autrefois. C'est même la première chose qu'elle annonce à ses clients. Sauf que plusieurs insistent. Elle a beau dire non, ils la supplient d'une petite voix geignarde qui n'est plus leur voix d'homme : « S'il vous plaît, madame Sonia... » Je la fais rire aux larmes en imitant chacun parfaitement.

Jacqueline lui a dit que le propriétaire du motel désapprouvait son commerce dans la chambre. Il le tolère seulement parce que personne d'autre ne veut louer la 306 et que les affaires doivent rouler malgré tout. C'est dire qu'on n'aurait jamais pensé le voir s'amener à notre porte, un billet de dix dollars entre les doigts. Sonia l'a invité à s'asseoir, avec cette chaleur qui vous scie les membres. Il a pris place à côté d'elle sur le lit et j'ai vite pigé ce qu'il cherchait : qu'elle parle avec sa défunte épouse. Il y a neuf ans, la pauvre Loree Bailey a eu une attaque en apprenant que le révérend King venait de se faire descendre dans leur motel. Jacqueline aussi y était. Elle m'a tout raconté. Elle a entendu le coup de feu. Les amis du révérend King se sont jetés sur son corps gisant au sol, mais il était trop tard. Une fois tout le monde parti, Jacqueline a vu le frère de M. Bailey balayer le balcon et mettre le sang dans un pot de confitures. « Cette sombre, sombre journée », murmure-t-elle en fermant les yeux derrière ses lunettes.

Pendant qu'il racontait ses malheurs en agitant son billet de banque pour se rafraîchir, je m'efforçais de regarder ailleurs. C'est impoli de fixer un client comme le ferait un chien avec un morceau de viande. Notre mère est restée de marbre même si on avait drôlement besoin de cet argent. Elle a dit à M. Bailey de ne pas perdre son temps et d'aller en voir une qui le faisait si c'était vraiment ce qu'il voulait. Elle est catégorique : laissons les morts reposer en paix. Il est resté. Il voulait au moins connaître son avenir, avec tous les soucis qu'il a en ce moment. En faisant tinter ses bracelets, notre mère a glissé le billet de banque sous l'élastique de sa jupe fleurie et a pris son paquet de cartes à côté du poste de télévision. Elle nous a fait son signe de tête. Lou et moi, on est venues tuer le temps à la piscine.

Une école

Qui le nourrira maintenant ? Et quand il sera mort de faim ou de soif, qu'est-ce qu'elle pourra inventer de pire pour me faire damner ?

Ses jambes ne la portent plus comme avant. Elles peuvent danser un jour et devenir raides comme des planches le lendemain. Sonia n'a plus la santé pour prendre la route. Même une oie l'aurait compris. Mais elle n'écoute personne. Sauf son satané pendule, sa seule boussole dans la vie.

On a fini par arriver à Memphis, où on a tourné en rond un sacré bout de temps pour trouver une chambre où passer la nuit.

J'ai pu l'apercevoir, avec sa large porte et ses hautes colonnes. Que c'est beau une école !

Sweet Lorraine

En refermant la porte de la chambre 306, Walter Bailey sentit pour la première fois depuis des années un sourire franc éclore sur son visage. Bien qu'il jugeât indigne d'un vieux loup comme lui de se prêter à ces pratiques divinatoires, il comprenait à présent que ni les cartes ni le pendule n'y étaient pour grand-chose. C'était sa chère Loree (et peut-être même le Seigneur à ses côtés dans l'au-delà?) qui avait parlé par la bouche de la jolie rousse, lui enjoignant de cesser d'avoir peur que les occupants du motel tombent à tout moment sous des balles sifflantes, que s'écroulent toit et balcon dans le tumulte des sirènes qu'il entendait encore hurler dans Memphis. Il n'avait plus rien à craindre, avait affirmé cette voyante, car le Lorraine avait déjà payé son tribut au malheur.

En 1945, jeunes mariés, Loree et lui avaient acquis l'hôtel Windsor, qu'ils avaient renommé le Motel Lorraine. Pour *Sweet Lorraine*, la chanson préférée de Loree. Alors que sévissait la ségrégation, tous étaient bienvenus dans leur établissement. Ils aimaient citer les noms des grands artistes noirs qui avaient dormi entre ces murs : B.B. King, Ray Charles, Aretha Franklin, Howlin' Wolf. Martin Luther King y séjournait lorsqu'il venait à Memphis, accompagné du révérend Ralph Abernathy. Ils occupaient chaque fois la chambre 306, où eurent lieu des discussions qui changèrent le cours de l'histoire. Et de mémorables batailles d'oreillers, car les révérends redeviennent parfois de petits garçons insouciants des problèmes du monde.

Peu importait finalement à Walter Bailey que quelqu'un l'eût vu entrer chez cette femme, puisqu'il avait miraculeusement acquis auprès d'elle une force intérieure toute neuve, inespérée, grâce à laquelle il parviendrait enfin à solutionner les problèmes qui l'assaillaient depuis trop longtemps : l'inoccupation chronique des chambres, l'abyssale crevasse au fond de la piscine, l'enseigne au néon qui ne brillait plus comme autrefois.

Les morts

[Jacqueline]

Un jour, je lui demanderai pourquoi elle ne parle plus aux défunts. Si j'avais ce don qu'elle a, je causerais bien avec les morts. Maman, papa, tante Harriet. Et le révérend King. Sans vouloir l'importuner, j'aurais deux ou trois petites choses à lui dire. Il est parti si vite, sans savoir à quel point on lui était reconnaissants d'avoir sacrifié sa vie pour que la nôtre soit meilleure.

Je voudrais aussi qu'il sache que je prends le plus grand soin des objets qu'il a touchés de son vivant. La petite Georgia a bien failli laisser échapper le cendrier qu'elle époussetait quand je lui ai dit que le révérend y avait écrasé sa dernière cigarette. Elle vient me donner un coup de main dans les chambres de temps en temps. Je n'aime pas trop la voir traînasser avec sa sœur toute la journée et risquer de devenir comme ces filles à la bouche déformée par un chewing-gum, qui sont légion à Memphis, et qui n'aspirent qu'à une chose : se noyer dans le regard de celui qu'elles réussiront à appâter avec leurs charmes. J'ai reçu une éducation très stricte et je remercie le Bon Dieu de ne m'être perdue dans les yeux d'aucun homme.

Je fais ce que je peux pour occuper ces gamines qui ne vont pas à l'école ni à l'église. Pour Louisiane, l'aînée, il est peut-être déjà trop tard. Elle a l'air buté qu'avait Lonzie au même âge. Si je n'avais pas tout de suite compris qu'elle était faite du même bois que mon frère, j'attendrais encore son merci pour la montre et le blue-jean. Trop fiers pour s'abaisser à remercier une simple mortelle, comme si toutes les bonnes choses leur revenaient de droit divin.

Un de ces dimanches, j'aimerais emmener les deux gamines à Brown Chapel Church. Grace me fera la faveur de les prendre dans sa chorale et avec la poigne de fer qu'elle a, Louisiane et Georgia n'auront pas d'autre choix que de marcher droit. Qui pourrait vivre à l'écart de Dieu toute sa vie ?

Et leur mère qui garde le lit toute la journée et refuse de voir un docteur. Elle prétend qu'il s'agit d'un mauvais moment à passer et qu'une fois sur pied, elle trouvera le moyen de loger sa petite famille dans plus convenable qu'une chambre de motel. Je ne veux pas faire mon oiseau de malheur, sauf que le diabète, ça ne pardonne pas. J'en sais quelque chose, avec maman qui a trépassé avant son heure et tante Harriet qui a fini ses jours cul-de-jatte.

Devenir quelqu'un

[Louisiane]

J'attendais le bon moment pour convaincre Georgia, sachant qu'on ne serait pas trop de deux pour faire changer notre mère d'avis.

Pendant qu'elle s'empiffrait de poisson-chat, je lui ai dit : « Ils peuvent la mettre en prison si elle ne nous inscrit pas à l'école. » Ses beaux grands yeux sont devenus ronds comme des trente sous – ô que je déteste les miens, petits comme des haricots secs. Elle a laissé tomber dans l'assiette le morceau de poisson qui avait échappé au massacre, à côté de l'igname confite, qui est la seule chose qu'elle refuse de manger. Elle s'est mise à beugler qu'elle ne me croyait pas. Une dame s'est retournée pour voir c'était quoi ce boucan.

Georgia pense toujours que je mens parce qu'elle ne veut pas entendre la vérité.

« Oublie la prison si tu veux, ai-je dit pour qu'elle arrête de crier, mais elle peut s'attirer de sérieux ennuis. Elle n'a pas le droit de nous garder enfermées dans une chambre de motel.

— On n'est pas enfermées. On vient manger ici aussi souvent qu'on veut », a répliqué Georgia, maussade.

Enfermées, c'est une manière de parler. Le Four Way Grill est à deux pas du Lorraine, mais Sonia ne nous permettrait pas d'aller jusqu'au port de Memphis pour admirer les navires, avec tous ces types qui rôdent sur les docks.

Georgia a enchaîné : « Jacqueline dit qu'on n'est pas obligé d'aller à l'école pour servir son prochain. Qu'il suffit d'avoir bon cœur : c'est la parole du révérend King. »

Pourquoi qu'elle me parlait de Jacqueline et de son révérend ? Il ne manquerait plus que ça : que les morts s'en mêlent ! Cette femme de chambre s'entête à s'occuper de nous comme si on était ses enfants. J'étais calme pour commencer, mais Georgia a le don de me faire sortir de mes gonds.

L'image de notre mère derrière les barreaux a dû s'effacer peu à peu dans la tête de Georgia. Son estomac s'est dénoué et elle a vite retrouvé l'appétit. Elle mange sans arrêt, avec la bénédiction de notre mère qui lui pince la joue en glissant un billet dans la poche de sa robe. Qu'elle se gave jusqu'aux oreilles, pourvu qu'elle reste toujours son gros bébé qui suce ses doigts potelés pour ne rien perdre de la graisse salée qui imbibe son poisson.

Georgia peut bien avaler ce qu'elle veut, je m'en fiche comme de l'an quarante. Sauf que j'aurais des tonnes d'idées pour mieux dépenser tout cet argent qui disparaît chaque jour en friture. À commencer par insérer une pièce dans le téléviseur qui trône dans la chambre, pour voir ce qu'il a dans le ventre. Mais notre mère l'interdit. Selon elle, la télévision ne réussirait qu'à nous abrutir.

« Sais-tu pourquoi on a échoué à Memphis ?

– Le pendule », m'a répondu Georgia, les dents rayées de poisson-chat.

Ma sœur aime se faire poser des questions quand elle connaît les réponses. Mais parfois je donnerais gros pour causer avec quelqu'un qui dirait autre chose que des trucs que je connais par cœur.

« Oui, mais elle n'a qu'une seule carte routière. Son pendule ne peut pas faire autrement, tu comprends ? Le monde est bien plus grand que sa carte, Georgia. Il y a des pays plein la planète, où vivent des gens qui parlent une multitude de langues et qui mangent des choses qu'on ne retrouve pas ici. Tout ça, tu l'apprendrais à l'école. Tu verrais que c'est pas moi qui l'invente. »

J'aurais aussi pu lui parler des trésors que l'on trouve dans les musées, comme les momies des pharaons d'Égypte, et d'un tas d'autres connaissances qu'il faut avoir quand on veut devenir quelqu'un dans la vie, si on n'est pas du genre à remettre son destin entre les mains d'un jeu de cartes ou d'un pendule débile.

Georgia s'est mise à bayer aux corneilles. Je voyais bien qu'elle ne pigeait pas le quart de ce que j'essayais de lui expliquer. Mains jointes et lèvres pincées, elle m'a dit : « Je veux du *peach cobbler.*

– Non. Pas de dessert aujourd'hui. On doit retourner au motel, elle va commencer à s'inquiéter.»

Je ne me laisse plus avoir par sa grimace de fillette repue qui en veut encore. J'ai regardé l'heure à ma montre et j'ai payé la serveuse.

1965

Nuit blanche

Coretta dormait profondément à ses côtés lorsque le téléphone sur leur table de chevet sonna, autour de minuit. Martin Luther King décrocha, puis raccrocha au bout de quelques secondes.

Impossible de trouver le sommeil après ce qu'il venait d'entendre. Il quitta le lit et se rendit dans la cuisine. Sa main tremblante chercha le paquet et le briquet dans la poche de sa veste. Il parvint à allumer cette cigarette dont il avait un pressant besoin.

Les paroles de l'homme au bout du fil - une explosion de haine - retentissaient entre ses tempes. Il fit les cent pas, se sentant plus seul que jamais. Son ami le révérend Ralph Abernathy l'avait raccompagné tard dans la soirée et devait sans doute dormir à cette heure-ci. Et cette fois, il ne verrait pas surgir son père, comme le jour où quelqu'un avait jeté une bombe dans sa maison. Ayant appris la nouvelle à la radio, fou d'inquiétude, Daddy King avait sauté dans sa voiture en pleine nuit et parcouru d'une traite les 175 milles qui séparaient Atlanta de Montgomery. Les deux hommes avaient discuté ferme jusqu'à l'aube. « Un chien en vie vaut mieux qu'un lion mort ! » avait tonné Daddy de sa forte voix de prédicateur, à court d'arguments pour faire comprendre à son fils que sa mission était devenue trop dangereuse, qu'il devait revenir vivre à Atlanta avec Coretta et les enfants. Ce père imposant, que Martin avait craint toute son enfance, voulait le protéger maintenant qu'il était un homme – un homme à la fois adulé et détesté, dont certains voulaient la peau.

Sa nuit était fichue. Il se fit du café et alluma une autre cigarette. Ses mains avaient cessé de trembler et il pouvait maintenant percevoir son corps entier dans sa détresse. Il était encore jeune, mais son cœur usé par le stress le lâcherait avant longtemps, pensait-il. Ses jambes ne le porteraient pas jusqu'au sommet de la montagne. Il ne verrait pas se lever le jour où les fils des anciens esclaves et ceux des anciens propriétaires d'esclaves s'assoiraient ensemble à la table de la fraternité. C'était une évidence pour lui, à cet instant, alors qu'il se trouvait seul dans la pénombre de la cuisine.

Apercevant son reflet dans la vitre du vaisselier, il crut voir le profil d'un ange disgracié.

« Écoute, sale nègre, avait dit la voix au téléphone. On en a marre de toi et de ton merdier. Si dans trois jours tu n'as pas quitté cette ville, on te fait sauter la cervelle, et ta maison avec. »

« Seigneur, je suis au bout du rouleau », geignit Martin.

Pourquoi cet appel anonyme le troublait-il au plus profond de son être ? Il en avait pourtant vu d'autres. Il se passait rarement une semaine sans qu'une menace de mort soit proférée contre lui. Il se remémora l'incident qui était survenu alors qu'il dédicaçait des exemplaires de *Combat pour la liberté* dans une librairie de New York. « Êtes-vous Martin Luther King ? » avait demandé la femme, avant de se ruer sur lui pour le poignarder avec un coupe-papier. Il avait répondu oui sans même lever la tête. Le monde entier savait qui était Martin Luther King ! L'instant d'après, il gisait sur une civière. L'édition du *New York Times* du lendemain affirmait que la lame ayant frôlé l'aorte, un simple éternuement après l'agression aurait pu causer la mort.

À l'hôpital de Harlem, il avait reçu de nombreux messages de soutien, même un télégramme du président. Mais les seuls mots qu'il n'avait jamais oubliés étaient ceux d'une jeune élève qui disait dans sa lettre : « Bien que cela ne devrait pas compter, je voudrais mentionner que je suis blanche. J'ai appris par le journal le malheur qui vous est arrivé et combien vous souffrez. Et j'ai lu que si vous aviez éternué vous seriez mort. Et je vous écris simplement pour vous dire que je suis bien heureuse que vous n'ayez pas éternué. »

L'envie d'une troisième cigarette le tarauda. Il pensa à ses quatre enfants qui dormaient dans leurs chambres. C'était pour eux qu'il continuait à se battre, pour eux et pour tous les enfants de l'Amérique.

Sans qu'il pût l'éviter, aussi sournois qu'une lame enfoncée dans l'aorte, le souvenir des quatre cercueils l'assaillit : les cercueils d'Addie Mae Collins, de Denise McNair, de Carole Robertson et de Cynthia Wesley, les jeunes victimes de l'église baptiste de la 16e Rue à Birmingham, soufflée par une charge de dynamite lancée par un commando raciste. C'était le 15 septembre 1963. Ce jour-là, à l'école du dimanche, les enfants venaient d'entendre la leçon intitulée *L'amour qui pardonne*. Puis l'explosion était survenue.

Carole jouait de la clarinette dans l'orchestre de son école. La jeune Addie Mae avait écrit dans son journal qu'elle voulait devenir infirmière « pour soigner les pauvres et les malades ». Ce dimanche-là, le rêve d'un monde meilleur s'était transformé en cauchemar. En tant que leader du mouvement pour les droits civiques, Martin s'était senti intolérablement coupable. *Mais où donc se trouve Dieu lorsque explosent des bombes au milieu des enfants en prière ?* Que l'on veuille tuer un homme comme lui, il pouvait le concevoir, mais pas d'innocentes petites filles, martyres en robes blanches éclaboussées de sang. De nombreuses voix s'étaient élevées pour réclamer vengeance, et après une telle tragédie, il était devenu encore plus difficile de prôner le changement par l'action non violente. Aux obsèques, en descendant les marches de l'église derrière les parents inconsolables,

Martin Luther King portait sur ses épaules le poids du monde.

Tandis que le venin de l'anxiété se diffusait en lui, il se demanda si le fils de Dieu s'était rebellé contre sa croix. *Mais le Christ n'était pas père de famille. Je n'ai pas l'étoffe d'Abraham, prêt à sacrifier son fils unique sur l'ordre de Dieu. Ni de Moïse, qui a conduit son peuple hors d'Égypte. Je ne suis pas un messie. Je ne suis rien d'autre que le fils, le petit-fils et l'arrière-petit-fils d'un prédicateur baptiste.*

Et il se savait pécheur. Il aimait les beaux costumes et les voitures luxueuses, mais parvenait à réfréner ses désirs matériels. Son véritable point faible, ses ennemis avaient eu tôt fait de le découvrir pour le faire chanter. Les chambres de motel où il séjournait lors de ses nombreux voyages avaient été mises sur écoute. Penser que Coretta eût pu entendre les bandes sonores qu'on lui avait envoyées par la poste rendait Martin malade. Son épouse s'était comportée comme si ces bandes n'avaient jamais existé. Cette discrétion inespérée de Coretta provoquait chez lui à la fois un grand soulagement et un supplice moral, car il estimait ne pas la mériter.

À ses proches, Martin avait souvent dit que s'il devait lui arriver quelque chose, il voulait qu'on se souvienne de lui comme d'un modeste pasteur n'ayant qu'une ambition : nourrir ceux qui ont faim, vêtir ceux qui vont nus. C'était presque malgré lui qu'il avait été projeté sous les feux de la rampe, et voilà que les ténèbres du doute le terrassaient. *Le temps est peut-être venu de retourner à l'anonymat*, songea-t-il, *loin des projecteurs*. Car même si son épouse ne se plaignait jamais, un mari absent n'était guère plus utile qu'un mari dans la tombe. Ils retourneraient vivre dans le Nord, où elle pourrait poursuivre la carrière de cantatrice qu'elle avait dû abandonner quand ils étaient venus s'installer à Montgomery. *Oh, la voix de Coretta!* Grâce à la musique, on pouvait créer un monde meilleur.

Ils mèneraient enfin une vie normale, faite de repas tranquilles et de sorties en famille. Sa petite Yoki ne cessait de lui demander quand ils iraient à Funtown, dont elle avait vu la publicité à la télévision. Comment explique-t-on à sa fille de six ans qu'elle n'est pas la bienvenue dans un parc d'attractions à cause de la couleur de sa peau? Les Noirs ne doivent pas manger avec les Blancs. Ils ne doivent pas s'asseoir dans l'autobus avec les Blancs, boire de l'eau à la fontaine réservée aux Blancs, ni s'amuser avec les Blancs.

L'aboiement d'un chien au loin le fit sursauter. Il lui sembla que sa main gauche s'engourdissait petit à petit, des ongles au poignet. Il serra le poing, le relâcha, serra de nouveau. Plus la nuit progressait, plus il se sentait défaillir.

Comme le prophète Jérémie, Martin se demanda s'il existait un baume capable de soulager l'âme. Il ferma les yeux et récita:

Il y a un baume en Galaad
Pour rétablir les blessés
Il y a un baume en Galaad
Pour guérir l'âme malade du péché.

1978

Sur la route

Tout allait bien avant que Louisiane se mette à désobéir. Elle sait pourtant comme moi que notre mère nous tuera si elle apprend qu'on se trouvait dans la chambre d'un inconnu. Le type avait l'air gentil, mais Jacqueline dit toujours qu'il faut se méfier des loups en manteaux de brebis.

« Seulement cinq minutes. Et comment elle l'apprendrait, vu qu'elle est clouée au lit ? »

Lou marquait un point : c'était une de ces journées où elle ne quittait pas le lit. Le climat du Sud ne fait rien de bon pour sa jambe, c'est même tout le contraire. Mais je me suis rappelé que Jacqueline avait les clés des chambres. J'ai fait remarquer à Lou qu'elle pourrait nous surprendre chez le type de la 201 et s'empresser d'aller rapporter la chose à notre mère.

Comme d'habitude, elle a fait semblant de ne pas m'entendre. Elle est entrée et je l'ai suivie pour ne pas rester plantée là comme une dinde. Après avoir suspendu l'affichette à la poignée, il a refermé la porte derrière nous.

53

Je me suis assise dans le fauteuil. Lou est restée debout. Son blue-jean lui coupe la respiration quand elle s'assoit, sauf qu'elle ne l'avouerait jamais, même sous la torture. Elle n'avait pas soif. Je voulais bien un Coca-Cola et le type a tiré une bouteille du réfrigérateur pour moi. Il s'est mis à raconter sa vie sans reprendre son souffle, comme si c'était la dernière heure qu'il passait sur terre. Franchement, je ne crois pas que Lou pigeait tout, parce que c'était du genre compliqué. Mais elle l'écoutait, l'air sérieux, les bras croisés comme une adulte. Je n'arrivais pas à lire l'heure à sa montre, mais je suis sûre qu'on n'est pas restées seulement cinq minutes. Disons plutôt une éternité.

Il écrit des livres, à ce que j'ai compris, tapant pendant des heures à toute allure, suant à grosses gouttes sur le clavier de sa machine à écrire. Il n'a pas de vrai chez-lui et vit sur la route, libre comme l'air.

« Alors nous aussi, on peut dire qu'on est des *beatniks* », a lancé Lou en me faisant son sourire en coin que j'adore.

À un certain moment, j'ai vu qu'il relevait la jambe de son pantalon pour montrer les marques de crocs qui resteront à tout jamais sur sa cheville. Je suis sortie de la lune : ça commençait à m'intéresser drôlement, vu que j'adore les chiens. C'était la grève des éboueurs à Memphis. Avec le révérend King et des centaines d'autres, il est descendu dans la rue, une pancarte JE SUIS UN HOMME accrochée au cou. Mais les policiers ne savaient pas lire, j'imagine : ils ont lâché leurs chiens sur eux.

Quand le type a fini par se fermer le clapet, j'ai entendu des pas de l'autre côté de la porte. Mon cœur s'est mis à cogner si fort dans ma poitrine que je ne savais plus si les pas s'approchaient ou s'éloignaient. J'étais fâchée après Lou qui se fiche de tout ! Elle a dû lire la colère dans mes yeux : après avoir jeté un coup d'œil à sa montre, elle a annoncé qu'on devait rentrer.

Le lendemain matin, elle voulait retourner le voir. Il lui avait promis quelque chose. Notre mère ne la laisserait jamais sortir seule et je me suis laissé un peu tirer l'oreille, question de faire comprendre à Lou qu'elle ne peut pas toujours décider de tout.

Avant de frapper à la porte, elle a penché la tête vers l'avant pour placer ses cheveux. Ses boucles doivent toujours cacher ses yeux qu'elle déteste. J'imagine qu'on a dû faire une gueule pas possible en voyant Jacqueline nous ouvrir ! Lou a réfléchi à cent milles à l'heure pour trouver un truc à lui balancer au plus vite. « On savait que tu nettoyais la 201 à cette heure-ci et on est passées te dire bonjour. »

Jacqueline a ôté ses gants de caoutchouc et m'a caressé la tête. Elle a voulu faire pareil avec Lou, qui a fait un pas de côté pour l'éviter.

À la réception, on nous a dit que le type était reparti tôt le matin. Il avait laissé un paquet pour Lou : un livre qu'il a écrit. Je parie qu'elle ne l'ouvrira jamais. Elle lit comme un chameau.

Notre père

« Pourquoi elle n'a pas d'homme dans sa vie ? »

Quand Georgia m'a posé cette question, j'avais déjà ma petite idée là-dessus depuis un bon moment. J'ai eu envie de lui dire qu'aucun homme ayant toute sa tête ne voudrait de notre mère. J'ai plutôt répondu : « C'est parce qu'elle les connaît par cœur qu'elle n'aime pas les hommes. À cause de ce qu'elle lit sur eux dans les cartes, si tu vois ce que je veux dire. »

Il fallait presser le pas. Je suis l'aînée et c'est moi qui ai l'heure. Devant chez A. Schwab, deux types fumaient sur le trottoir. Le plus grand me dévisageait d'une drôle de manière. J'ai pu constater qu'il m'observait toujours quand je l'ai regardé de biais pour voir s'il me regardait encore. C'est à ce moment-là qu'il m'a dit que j'avais de beaux yeux. Mes yeux sont minuscules ! Ce type n'a pas toute sa tête.

Incapable de parler et de marcher en même temps, Georgia s'est encore arrêtée et m'a demandé : « Mais notre père, elle l'aimait, non ? »

Ah non, pitié, pas ça! Georgia adore qu'on parle de lui. On peut lui raconter n'importe quoi, qu'il a des bras durs comme de la roche et des cuisses comme des troncs d'arbres, du front tout le tour de la tête, ou autre chose qu'elle a déjà entendu des centaines de fois et qu'elle veut qu'on lui répète à l'infini. Mais j'évite le sujet quand notre mère n'est pas là, sinon je marche sur des œufs. Sonia sait broder des histoires comme personne, mais moi je suis nulle pour ça. J'ai toujours peur de lâcher un truc que je pourrais regretter, vu que Georgia ignore qu'on n'a pas le même père. Sonia ne voit pas l'utilité de lui dire tout de suite ce qu'elle finira bien par apprendre un jour. Je lui ai promis que je tiendrais ma langue, et une promesse est une promesse, même les jours où vous haïssez votre mère pour la tuer.

Le vrai père de ma sœur, je n'ai aucune idée de qui c'est. Sonia dit toujours « votre père ceci, votre père cela » quand l'envie lui prend de parler de lui, donc Georgia croit dur comme fer que mon papa est aussi le sien, même si c'est impossible parce que, contrairement à moi, elle a le teint de lait de notre mère. Je suis peut-être le portrait tout craché de mon père, mais comme il ne donne jamais de nouvelles, je me dis qu'il est probablement mort depuis longtemps. Comment savoir, avec Sonia qui ne dit jamais la vérité?

J'ai répondu à Georgia : « Notre père, c'est différent », sachant bien que je n'avais aucune chance qu'elle se contente d'aussi peu. Mais je

voyais déjà l'enseigne du Lorraine et je cher-
chais à gagner du temps.

C'est alors qu'un miracle s'est produit : Georgia a glissé sa main dans la mienne et on a continué à marcher en silence. On aurait dit qu'elle suçait ma réponse comme le dernier fila-
ment de barbe à papa autour de son bâton.

Brown Chapel Church

[Georgia]

Alléluia ! Elle a enfin dit oui ! Ça faisait un bon moment que Jacqueline voulait nous inscrire à la chorale de Brown Chapel Church où elle a chanté autrefois. Notre mère disait toujours non, même si je lui gâchais la vie après. Mais avec sa jambe pourrie, elle a de moins en moins la force de me tenir tête.

Lou n'a pas voulu venir. Elle déteste chanter. Elle déteste le Sud. Elle n'aime rien ici.

La veille, j'avais réfléchi à ce que je pourrais porter de plus beau, mais comme je n'ai qu'une robe, j'ai coupé court. « S'il t'en faut une neuve pour le concert, t'inquiète pas, tu l'auras. Même si je dois travailler tous mes jours de congé », m'a dit Jacqueline en donnant un coup de fer qui a effacé les plis comme par miracle.

Le jour venu, nous avons monté l'escalier devant l'église, ma main dans la sienne si douce. Un garçon m'a remis un cahier de cantiques tout neuf et je suis allée voir Miss DePriest. Miss DePriest, c'est la dame qui s'agite pour faire chanter les enfants tous en chœur. Elle a relevé mon menton avec son index et m'a demandé de chanter quelque chose. C'était pas facile avec toutes ces paires d'yeux qui me fixaient comme si j'étais un singe en robe blanche, mais je me suis donné un coup de pied au derrière et j'ai entonné une chanson d'Elvis. « *Well it's one for the money, two for the show...* » J'ai dû m'arrêter sec juste au moment où je reprenais mon souffle pour pousser la note. « Nous avons assez perdu de temps pour aujourd'hui », a déclaré Miss DePriest. Ma voix est juste, c'est ce qu'elle a dit à Jacqueline, mais je devrai faire beaucoup mieux si je veux chanter au concert de la Pentecôte.

Je suis allée prendre place à côté de la belle Alabama Ebony qui m'a souri. J'ai ouvert mon cahier. Comme les autres, j'ai suivi le bras gauche de Miss. Son bras droit, elle ne peut pas le bouger depuis sa naissance. La musique est toute sa vie, m'a dit Jacqueline, mais comme Miss ne peut pas jouer du piano vu qu'elle est infirme, les enfants de la chorale sont un peu comme son instrument. Jacqueline m'a prévenue : « Chaque fausse note qui sortira de ta bouche la blessera comme un mors qui entaillerait sa chair. Tu vas devoir travailler, Georgia. Et si tu manques de volonté, t'auras qu'à prier le Seigneur pour qu'Il t'en donne. » J'ai juré craché que je ferais de mon mieux pour que Miss DePriest ne souffre pas le martyre par ma faute.

Cette nuit-là, j'ai rêvé d'elle : derrière la fenêtre de sa chambre rose, elle souriait en me

faisant signe d'entrer. Je lui criais : « Je t'aime
Alabama ! » Mais personne n'entendait, sauf les
abeilles et les pierres.

Personne ne sait

[Jacqueline]

Faut pas se laisser berner par son visage de poupée peint à la main, le col de dentelle qu'elle agrafe à ses robes et ce bras maigre, ballant comme une trompe, qui lui donne l'air d'être sans défense. Car vile comme un serpent, Grace DePriest peut l'être à ses heures. J'en sais quelque chose. Elle n'a peut-être pas de griffes, mais sa langue vous réduit en miettes en moins de temps qu'il n'en faut pour dire alléluia.

On était des gamines, mais il y a des choses qui ne s'oublient pas.

Ce souvenir vieux de vingt ans me ramollit les jambes comme du coton. J'aimerais m'arrêter pour me reposer un instant, mais Georgia me presse d'avancer.

J'y suis peut-être allée un peu fort avec cette histoire de mors, mais je veux que la petite comprenne bien qu'elle devra forger sa voix selon la volonté de Grace. Brown Chapel Church est son royaume.

On n'était pas du même monde, mais l'amour de la musique nous unissait.

Sauf qu'il y a des choses qui ne s'oublient pas.

Il neigeait. Je portais le manteau et le bonnet de Lonzie, plus chauds que les miens. Le chemin de terre reliant la grande route au presbytère était glacé. Grace et moi, on se tenait la main pour ne pas tomber.

La servante du pasteur Whitehead nous a priées d'attendre dans le salon. Elle est montée le prévenir.

« Il fait très froid ici », a dit Grace en frictionnant son bras infirme pour chasser les flocons. J'ai répondu : « Oui il fait froid et c'est pas bon pour la voix. Pas bon du tout. » Grace s'est approchée du poêle. Elle a pointé du doigt un rectangle crasseux sur le parquet : « Tu vois, il n'y a plus de bois. Et toi tu ne penses qu'à ta voix. Pense plutôt à notre pauvre pasteur qui risque d'attraper la crève pendant qu'il nous écoutera chanter. »

J'étais en rogne après Lonzie. C'était lui qui devait couper et rentrer le bois du pasteur. J'ai remis mon bonnet de laine et suis sortie dans la grisaille pour me rendre au bûcher, derrière la cuisine du presbytère. Je ne suis pas manchote et je n'ai jamais eu peur de l'ouvrage. À dix ans, j'étais capable de fendre du bois comme de manier la pioche, même si j'avais déjà fort à faire dans la maison. Après le décès de maman, les jeux d'enfants n'étaient plus pour moi. Je pouvais me passer de poupées, mais papa a compris que pour la chorale, je ne plierais pas. Qu'il tonne ou qu'il vente, chaque dimanche que le Bon Dieu amenait, je courais jusqu'à l'église après mes corvées. Avec du crottin sur ma robe si le temps m'avait manqué pour me décrasser.

J'ai pris la hache sur le billot et j'ai fait aussi vite que j'ai pu. Je suis revenue au presbytère avec les bûches empilées sur mes bras, des échardes dans les mains et des copeaux sur le manteau.

Je revois clairement la scène : debout près du piano, Grace a gardé son écharpe pour tenir sa gorge au chaud. Le pasteur enfonce une touche, donne le ton à Grace, qui prend une grande inspiration et entonne le nouvel air qu'on avait répété ensemble durant des semaines. Le pasteur m'indique du menton où déposer mon fardeau. Je me mets à genoux et j'empile les bûches. Il écoute Grace chanter. Il ne sait pas que c'est censé être un duo. Il ne remarque pas que c'est moi sous le bonnet, et pas Lonzie. Grace chante. Le pasteur Whitehead adore ce qu'il entend. Il joint les mains et ferme les yeux en pensant à ses chers paroissiens qui recevront ce cadeau pour la Pentecôte. Je place le bois. Le pasteur ouvre les yeux, tourne un visage dur vers moi et met le doigt devant ses lèvres pour réclamer le silence. Je ramasse la bûche que j'ai laissée tomber et la pose sur le dessus.

Grace finissait de chanter quand je suis partie, juste au moment où la servante apportait un bol de thé fumant pour elle.

Je n'avais pas les bottines qu'il fallait pour ce temps de chien et j'ai failli me rompre les os au retour.

Personne ne sait l'chagrin qu'j'ai eu, personne ne l'sait, sauf Jésus.

Poulettes

[Lonzie]

Quand je l'ai vue au Four Way Grill, je me suis dit qu'elle n'était pas une beauté, mais qu'elle avait un petit quelque chose. Chemisette rouge et blue-jean moulant. J'ai eu envie de la photographier même si elle ne pouvait pas figurer dans le lot de poulettes blanches.

On ne sait jamais comment ça sortira. Chaque fois je retiens mon souffle : je regarde les couleurs apparaître sur la plaque, et quand leur saturation est parfaite, c'est comme du sang qui gicle. Bon Dieu, ça me prend aux tripes chaque fois.

Elle attendait sa commande, seule au comptoir. Regarde-la droit dans les yeux mon frère et tu ne verras plus luire sur son corps la soie rouge de l'enfer. Je suis un sale taureau, c'est bien ce qu'ils croient. Ils veulent m'enfoncer là leurs sales banderilles, pour que ça cesse de battre une fois pour toutes.

J'ai vu tout de suite qu'elle n'était pas de celles qui ne cherchent qu'à se faire remarquer en agissant exactement comme les autres filles, dans un assourdissant concert de mimiques et de gloussements qui finit par les enterrer toutes. Elle avait l'air sérieux, triste même. Elle devait s'ennuyer à mourir. On s'ennuie ferme ici. Quand je l'ai vue la première fois, Aaron et moi on travaillait presque jour et nuit à ces portraits de poulettes pour le prochain Carnaval du coton. « T'as bien compris Lonzie : j'veux surtout pas d'emmerdes », m'avait prévenu Aaron à propos de la flopée de filles qui envahissaient chaque jour le studio.

Aaron, il râle parfois, mais il est plutôt content de son sort ces temps-ci. Cette voyante lui a prédit monts et merveilles alors qu'il galérait depuis tellement longtemps qu'il avait perdu espoir de se refaire un jour. J'étais d'avis qu'elle lui avait chanté ce qu'il voulait entendre, après l'avoir soulagé de dix dollars. Mais peu après, un dénommé Herbert Golden lui a passé cette commande de portraits. Un gros coup. Aaron a commencé à croire qu'elle disait vrai et que le vent était en train de tourner pour de bon. « Et je ne te raconte pas tout ce qu'elle a vu d'autre pour moi dans ses cartes, ça pourrait te rendre jaloux », qu'il m'a lancé en me flanquant une tape dans le dos.

Ce jour-là, en sortant de chez elle, il s'est offert une chemise neuve. Blanche s'il vous plaît, avec des boutons de manchettes en forme d'ancres, vu qu'il est fou des bateaux. Il ne se rappelait même plus quel effet ça faisait de se glisser dans du coton frais! Pousse pas trop ta chance, Aaron.

Moi je n'ai pas le pied marin, mais avec lui à la barre, son rafiot danse sur les flots du Mississippi près de President's Island, là où on pêche des achigans longs comme ça. Un dimanche, on a accosté sur l'île. Les viscères des poissons rejetés sur le sable, c'était pas la plus belle chose que j'avais vue de ma vie. Et voilà qu'Aaron le veinard se met à genoux avec son appareil, il zoome et fait clic, et ça devient de l'art, des œuvres qui se vendent comme des petits pains chauds. Les millions se mettent à pleuvoir sur nous comme vache qui pisse et on devient les princes de Memphis, faisant la grosse vie dans une maison de riches du Victorian Village, pas dans cette piaule au-dessus de son studio. Sacré Aaron. Il faut dire que ce dimanche-là, on était bourrés. On a photographié tout ce qu'il y avait autour de nous sur la grève : hameçons rouillés, conserve de soupe, clic clic clic. Qu'est-ce qu'on a pu rigoler ! Les princes de Memphis, elle est bien bonne.

Chemisette rouge, blue-jean moulant. Je l'observais de loin et ça se remettait à palpiter alors que c'était comme mort depuis longtemps. J'avais les mains moites, la bouche sèche.

J'ai essuyé mes paumes et me suis décidé à aller la rejoindre au comptoir. « Tu sais que t'es vraiment jolie ? Ça te plairait d'être une princesse au Carnaval du coton ? » Elle m'a souri. Langue vermeille. On a causé un peu. Je lui ai expliqué comment se rendre au Studio Aaron, habillée pareil, pour que je fasse des photos d'elle.

Je savais qu'elle viendrait seule. Elle n'est pas comme ces filles trop couvées par leurs mères qui attendent de l'autre côté de la porte du studio, malades à l'idée de devoir laisser leur trésor au taureau. Une fois, j'étais en train d'ajuster l'éclairage quand l'une de ces poules m'a fait bondir de quatre pieds en m'enfonçant sa griffe entre les omoplates. « Excusez-moi, qu'elle a gloussé, mais je croyais que c'était M. Eagle qui prenait les photos. » Ce jour-là, Aaron était resté au lit à cause de son ulcère. J'ai répondu : « Je suis son assistant et quand il n'est pas là, le photographe c'est moi. Si vous tenez à ce que ce soit lui, faudra revenir demain ou peut-être même après-demain. » Ou dans la semaine des quatre jeudis, que j'ai failli ajouter pour lui clouer le bec une fois pour toutes. Elle voyait déjà sa fille parader au Carnaval du coton. Et sourire sur des affiches pour vendre du rouge à lèvres avec son joli minois. C'est ce qu'elles souhaitent toutes, et qu'elles le veuillent ou non, pour ça elles ont besoin de Lonzie. La poule est retournée s'asseoir. Tu peux dormir sur tes deux oreilles, maman : je l'ai pas touchée, Mademoiselle Trésor. Même pas eu envie, si tu veux tout savoir.

Tandis qu'on causait, la gamine et moi, sa commande a fini par arriver. J'ai fait vite pour déchirer un coin du rabat de mon paquet de cigarettes et y écrire l'adresse. C'est pas défendu de s'amuser un peu. Pour le reste, on verra après. Et puis va au diable, Aaron, avec ta veine !

Les jambes de Kathleen O'Sullivan

[Louisiane]

Il n'a rien dit sur mes yeux trop petits ni sur mes jambes maigres comme celles de Kathleen O'Sullivan. Je suis différente des autres filles qu'il voit chaque jour par douzaines dans son studio. Il veut faire des photos de moi. J'ai mon plan : un jour de chorale, j'emmènerai Georgia à l'église et après, je me rendrai dans South Main à l'adresse qu'il m'a donnée. Je reviendrai à temps pour la ramener au motel et Sonia n'en saura rien. Qu'est-ce qu'elle comprendrait à cette histoire ? J'aurais beau lui expliquer, tout ce qu'elle trouverait à me dire, c'est : « Depuis quand tu te prends pour une Belle du Sud ? Tu t'es regardée ? Qui voudrait voir une fille maigre comme toi à la parade ? Commence par te remplumer avant de vouloir jouer les princesses du coton. »

Mais je ne me laisserais pas faire. Je répliquerais : « J'ai pas dit que j'étais belle. Je t'explique seulement qu'il doit faire des photos de moi pour que le comité du carnaval voie de quoi j'ai l'air.

— Arrête de perdre ton temps avec ton photo-graphe qui veut te changer en princesse. Je vais te le dire, moi, de quoi t'as l'air : d'un échalas ! Quand j'avais ton âge, on se comptait chanceux d'avoir à manger, on ne se faisait pas prier pour finir notre assiette. Tout le monde mangeait à sa faim. Tout le monde, sauf une famille d'Irlan-dais qui avaient juste la peau sur les os quand ils sont arrivés au village. Des jambes comme des clous, les rotules plus grosses que les cuisses. Quand je pense que ma fille ressemble à Kath-leen O'Sullivan, je braillerais comme une vache si je ne me retenais pas ! »

Voilà ce qu'elle dirait. C'est écrit dans le ciel.

Dès qu'elle en a la chance, elle cherche à me piquer au vif, parce que ça la tue que je ne mange plus. Elle ne sait plus quoi faire avec moi. Je lui répète sans arrêt qu'elle n'a qu'à me laisser tranquille. Moi je la laisse bien grossir en paix. Je me suis juré que jamais je ne devien-drai une femme comme elle, avec des jambes qui flanchent quand je veux avancer. C'est pas une vie. Elle peut me dire mes quatre vérités tant qu'elle veut, même essayer de me faire peur avec sa Kathleen O'Sullivan, ça ne me fait ni chaud ni froid. Mais il vaut mieux qu'elle ne sache rien au sujet du photographe.

Sur la rue, j'ai retrouvé Georgia et lui ai fait comprendre qu'il fallait se dépêcher de rentrer. Elle sait comme moi que notre mère déteste manger son poulet froid. Elle a soupiré et caressé une dernière fois le petit chien attaché devant le Four Way Grill. Il n'avait pas l'air bien féroce et j'avais laissé Georgia seule quelques minutes avec lui pendant que j'attendais la commande à l'intérieur.

Robe blanche, souliers bleus

[Georgia]

Le père d'Alabama est venu la chercher à l'église dans sa belle automobile blanche. En faisant claquer ses talons hauts, notre directrice de chorale s'est approchée pour lui dire de bons mots sur sa fille. Jacqueline dit que la voix d'airain d'Alabama devient de l'or sous le regard de feu de Miss DePriest.

M. Ebony a chatouillé la joue de son enfant chérie. Alabama n'a pas ri longtemps. Elle a froncé les sourcils en voyant le vilain cheveu qui serpentait sur sa manche. Elle l'a saisi entre le pouce et l'index et l'a envoyé promener. Alabama ne tolère rien de malpropre sur sa personne.

Chaque dimanche, elle porte une robe neuve. Celle d'aujourd'hui avait des plis sous la taille. Pas comme ceux que Jacqueline efface sur la mienne avec son fer, mais des plis exprès pour faire bouffer joliment la jupe autour des jambes fines d'Alabama.

J'ai rêvé qu'elle me prêtait sa robe à larges rayures rouges et blanches, au corsage bleu semé d'étoiles. Mais c'était peine perdue pour ma tête comme pour les bras et le reste, vu qu'Alabama est aussi frêle que ma sœur Lou. Ce qui leur va comme un gant ne peut m'aller à moi, qui suis beaucoup plus forte qu'elles. Je le savais, juste à l'œil j'aurais pu le dire. J'étais plantée là, à moitié nue et coincée dans la robe, au beau milieu de la chambre rose d'Alabama.

J'aimerais tant avoir un riche papa! Si je portais une nouvelle robe chaque dimanche, Miss DePriest remarquerait autre chose que ce qui cloche sur moi. Ma robe est loin d'être neuve. Elle est de plus en plus moche. Sauf que ma mère la trouve parfaite. Elle dit que j'ai tout ce qui compte dans la vie: quelque chose sur le dos, un toit sur la tête, le ventre plein et une mère qui m'adore.

J'ai beuglé pour la faire changer d'idée. À son tour, elle a crié que je ne devais pas me mettre dans un état pareil pour un bout d'étoffe, qu'elle en mourra si je me mets en tête de devenir comme Lou. Ça s'est mal terminé. Elle s'est mise à chercher son air dans la chambre. Je l'ai aidée à replacer ses oreillers, j'ai tiré les rideaux et suis sortie pour la laisser se reposer.

Près de la piscine, j'ai pleuré un bon coup. Lou est venue me retrouver. Elle s'est assise à côté de moi sur la chaise longue et m'a parlé beaucoup plus doucement que d'habitude. Quand elle sera mannequin, elle sera riche, encore plus riche que le père d'Alabama. Elle m'emmènera chez A. Schwab où je pourrai choisir toutes les robes et les paires de souliers que je voudrai, une pile haute comme ça sur les bras. Elle a marché le long de la piscine en se déhanchant. Lou est si jolie ! Et très gentille quand elle le veut bien. Elle a enfin compris qu'on n'a pas besoin d'aller à l'école pour devenir quelqu'un.

Selon Lou, notre mère n'a plus toute sa tête depuis qu'elle souffre atrocement des jambes. « N'avale pas tout ce que Sonia te raconte, qu'elle m'a dit pour me consoler. C'est pas vrai qu'elle est parfaite. Elle est vieille. Et tu as raison, elle est de plus en plus moche sur toi, vu que tu profites sans bon sens. Vois comme elle te serre de partout : on dirait un gros bonbon dans son papier froissé. »

J'ai réussi à oublier toutes les robes que je n'ai pas et les larmes ont cessé de couler sur mes joues. Lou m'a suppliée de lui chanter *Blue Suede Shoes* en faisant semblant de jouer de la guitare comme Elvis. Impossible de rester triste avec cet air-là !

Personne ne va nous marcher sur les pieds. Oh non, personne !

Les âmes et les cuvettes

Depuis le balcon, Jacqueline voyait Louisiane battre la mesure avec son pied devant Georgia qui chantait debout sur la chaise longue, les jambes agitées de secousses, ses doigts courts pinçant les cordes d'une guitare invisible. *Endiablée* – c'est le seul mot qui vint à Jacqueline devant ce navrant spectacle.

Elle retourna à sa besogne dans la chambre. Elle essora la serpillière en faisant pivoter le manche d'une main sûre, frotta le carrelage de la salle de bains avec juste ce qu'il fallait d'eau savonneuse pour effacer sans bavure les traces laissées par les derniers occupants. Ces gestes cent fois reproduits n'exigeant plus sa diligence, elle pouvait laisser libre cours à ses pensées.

« Ah, il est loin son cahier de cantiques, maugréa-t-elle, très loin aussi sont les leçons de Miss DePriest sur le maintien. » Plongeant la serpillière dans le seau, Jacqueline se reprocha son affection pour cette fillette venue d'on ne sait où, qui ne serait peut-être jamais digne de chanter Ses louanges. Elle s'échinerait pour payer la robe de concert, se casserait sans doute les dents sur cette enfant comme sur ce frère bien-aimé à qui elle avait donné sans compter, n'ayant droit en retour qu'à d'amères déceptions.

Ni la prison ni la mort de leur père n'avaient arrangé les choses, bien que Jacqueline eût conçu l'espoir que Joseph Smith emporterait dans sa tombe le sévère miroir qu'il avait tendu toute sa vie à Lonzie, et dont ce dernier cherchait à se détourner, tout en revenant sans cesse s'y mirer comme un jeune chien affamé se frappant le museau sur l'étain terni de sa gamelle. Maintes fois, Jacqueline avait supplié Lonzie d'assister aux offices du dimanche à Brown Chapel Church comme autrefois. Mais il avait refusé. Comme il avait refusé de reconnaître que son âme était souillée. Il avait choisi son camp et n'était plus son frère.

« Que c'est prétentieux de ma part de vouloir purifier quoi que ce soit d'autre que les planchers et les cuvettes ! » soupira Jacqueline en jetant le ballot de draps sales dans le sac de toile suspendu au chariot, qu'elle poussa en direction de la porte.

Règles

[Louisiane]

Pas mon jour de chance. Il a dit « habillée pareil ». J'ai frotté jusqu'à ce que la tache disparaisse en aspergeant le moins possible pour pouvoir le remettre tout de suite.

Elle ne saura jamais que je les ai eues.

Retard

[Georgia]

J'attends Lou dans l'escalier de pierre. Interdit pour elle d'entrer dans l'église : son blue-jean n'est pas une tenue correcte dans la maison de Notre Seigneur.

Je reste debout sur la dernière marche, d'où je m'élancerai à sa rencontre quand elle apparaîtra sur Auburn Avenue. Ce serait péché mortel de faire attendre la reine Louisiane, ne serait-ce qu'une seconde. Elle picoterait le cadran de sa montre avec son index jusqu'à ce que je m'agenouille devant elle, que je m'excuse cent fois de lui avoir fait perdre son précieux temps. La vie était si belle quand elle n'avait rien d'attaché au poignet qui dit toujours quoi faire à quelle heure !

Mais aujourd'hui, elle est en retard. Je suis fatiguée. J'ai froid. Le soir tombe et j'entends des chiens aboyer tristement au loin, à la lisière de la ville.

Mère

Appuyée à la rambarde du balcon, Sonia scruta les abords du motel, croyant voir à tout moment apparaître Louisiane au détour d'une rue. Elle flaira l'air tiède de la ville telle une femelle sûre de reconnaître son petit entre mille. À sa manière, le beau visage buté de l'adolescente implorerait le pardon que Sonia lui accorderait sur-le-champ en la serrant dans ses bras. Vaincue, sa fille se laisserait cajoler comme autrefois, se disait Sonia. Et pressant contre elle le jeune corps émacié aux clavicules aussi minces que des lames, elle ravalerait ses reproches.

Mais cette confiance animale la déserta aussi vite qu'elle l'avait habitée. Elle redevint une simple femme aux prises avec son désespoir.

Le moral au plus bas, elle fit demi-tour et regagna lentement la chambre, le lit.

Sa petite Louisiane, si gaie, était subitement devenue ombrageuse pour un chat si mal en point qu'il n'aurait pas supporté le long voyage vers la destination pointée par le pendule. « La patrie du King, le généreux soleil, la *soul food* », avait énoncé Sonia, une main sur le volant, l'autre agitant ses bracelets à breloques au tempo de la joyeuse partition de leur nouvelle vie américaine.

Mais l'adolescente, calée contre la portière, n'avait rien voulu entendre.

À Memphis, sa hargne s'était accrue. Dès leur arrivée au Motel Lorraine, elle avait réclamé à cor et à cri d'aller voir cette parade du Carnaval du coton, entraînant dans sa furie la docile Georgia. Puis Louisiane s'était mise à exiger toutes ces choses que Sonia ne pourrait jamais lui offrir. Elle avait résisté. En représailles, l'adolescente avait eu cette idée insensée de cesser de manger.

Au bout de quelques mois, devant Louisiane maigrissant à vue d'œil, Sonia avait perdu son sang-froid. C'est alors que Kathleen O'Sullivan, la pauvre Kathleen famélique que Sonia avait été enfant, avait ressurgi du passé sous la forme d'un spectre qu'elle avait brandi jour après jour au visage de Louisiane qui s'affamait délibérément, inconsciente du tort qu'elle se faisait, de la peine qu'elle lui causait. Mais Sonia avait dû capituler : sa frêle grande fille, moulée dans un blue-jean qui gommait le galbe des cuisses et accentuait l'étroitesse du bassin, ne craignait ni de ressembler à Kathleen O'Sullivan, ni de tomber dans les pièges tendus par sa mère.

Sonia regrettait à présent ses manigances. Comme la fois où elle avait envoyé Louisiane et

Georgia chercher le repas du soir au restaurant au lieu de passer la commande au téléphone. Ses filles traîneraient sur le chemin du retour, avait espéré Sonia. Georgia aurait faim, elle harcèlerait sa sœur pour déficeler les boîtes et Louisiane succomberait à l'attrait des frites dont elle raffolait il n'y avait pas si longtemps. Elle se remettrait à manger. Une trêve s'ensuivrait, grâce à laquelle Sonia pourrait enfin se reposer et prendre du mieux, comme elle y était parvenue chaque fois que la maladie l'avait obligée à garder le lit quelque temps. Pourvu que Lou entendît raison, croyait-elle, leur vie à Memphis pourrait être aussi douce qu'elle l'avait imaginée.

Contre toute attente, Louisiane s'était chargée de la commission avec sérieux et ponctualité. *Mais qui donc lui a offert cette montre enserrant son poignet minuscule?* s'alarmait Sonia à retardement, *et ce pantalon trop moulant, et le livre caché dans le tiroir de la commode?* L'adolescente était rentrée au motel, un indéfinissable sourire aux lèvres remplaçant la moue de dégoût qu'elle affichait dès qu'il était question de manipuler des aliments. Elle s'était empressée de servir son poulet à sa mère alitée avant de poser l'autre boîte ouverte devant Georgia, sur la petite table en formica. Ce sourire n'avait-il pas été son premier depuis leur arrivée à Memphis? C'était à la suite de cette visite au Four Way Grill que la colère de Louisiane s'était apaisée. L'adolescente avait rassemblé ses forces avant de couper définitivement les ponts, réalisait aujourd'hui sa mère. Désormais, debout sur l'autre rive, Louisiane la fixait de ses petits yeux vengeurs sans daigner lui envoyer la main. C'est du moins ainsi que sa fille apparaissait en rêve à Sonia lorsqu'elle parvenait à s'assoupir quelques heures.

Jusqu'ici, depuis qu'elle avait quitté le village où elle était née – ce trou perdu qu'elle s'était juré de déserter aussitôt qu'elle en aurait la chance –, Sonia avait réussi à tenir Kathleen O'Sullivan à distance. Dans une grande ville, il s'était avéré facile de devenir une autre. Elle avait changé son nom pour Sonia Lafleur, avait troqué sa stricte robe marron contre une large jupe, une blouse tsigane et des bijoux dénichés au comptoir de l'Armée du Salut qui faisaient oublier son physique d'Irlandaise.

À Montréal, découvrit-elle avec enchantement, il suffisait de tendre la main vers le téléphone pour commander des délices dont on ne se lassait jamais : frites, soda, poulet, *coleslaw*, sans oublier les divines rondelles d'oignon qu'elle avait dégustées pour la première fois en écoutant *Love Me Tender* dans la chambre qu'elle louait à la pension des Beaulieu. À cette époque de sa vie, elle s'appliquait à lire les menus des restaurants du quartier jusqu'à ce qu'aucune syllabe ne lui résiste et qu'elle cesse d'entendre dans sa tête les méchants ricanements de la classe. Elle réalisa qu'elle pouvait lire à la perfection. Et dans un élan poétique, sans penser à la longueur des pieds, elle élut *delicatessen* le plus joli de tous.

Elle prit du poids et put enfin se trouver belle. Lorsque ses mouvements se firent moins souples et que s'installa la maladie, Sonia se mit à pester contre ses jambes, mais continua d'aimer ses bras, dont la chair remuait sensuellement quand elle brassait les cartes, de même que son visage rond comme un fruit. Ces joues pleines, ce double menton que lui renvoyait le miroir avaient creusé un fossé infranchissable entre elle et son douloureux passé, mieux encore que les centaines de milles qu'elle avait parcourus.

Lorsque Sonia s'était retrouvée enceinte, sa logeuse avait voulu savoir qui était le père de l'enfant. Mme Beaulieu l'avait pressée de questions après avoir accepté à contrecœur que la chose se fût produite dans sa respectable pension, comme si elle avait découvert une ombre grasse sur le tissu traité contre les taches d'une de ses causeuses. Devant le mutisme de Sonia, elle avait entrepris de récapituler les allées et venues de ses pensionnaires et de son personnel. Elle avait rapidement déclaré forfait, car plus elle s'efforçait de dénombrer les individus de sexe masculin qui avaient accès à sa propriété, plus ils prenaient l'apparence compacte d'un troupeau.

« Une bouche à nourrir, Sonia. Tu comprends ce que cela veut dire ? »

Alice Beaulieu lui parlait comme à une simple d'esprit, l'interrogeant sans véritablement attendre de réponse. Sous l'apparente sollicitude de cette femme, Sonia avait pu percevoir toute son amertume devant l'injustice de la vie, qui autorisait qu'une jeune célibataire sans le sou se retrouve enceinte comme par enchantement, tandis qu'elle-même, bien installée dans sa vie de femme mariée, restait désespérément stérile.

Même si elle était parvenue à trouver les mots justes pour exprimer la foi qu'elle avait en ses moyens de jeune mère, Sonia pressentait que Mme Beaulieu ne l'aurait pas crue. Et eût-elle dévoilé le nom du père et décrit sans ambages l'accouplement, comme sa logeuse l'y incitait avec ses questions indiscrètes, Sonia savait que ses confidences auraient heurté cette femme de plein fouet, puis ricoché sur son déni pour se retourner contre elle-même. Par expérience, elle préférait se taire.

Elle avait écouté les semonces, feignant l'intérêt, admirant à la dérobée le bracelet qu'elle s'était offert la veille en se disant que le paiement de la chambre pouvait attendre encore un peu. Elle se demandait combien de temps il lui faudrait rester ainsi captive lorsque la délivrance était venue de l'enfant, qui s'était mis à remuer en elle pour la première fois. Tout à coup, les propos de Mme Beaulieu avaient perdu leur gravité, s'étaient veloutés, pour devenir à ses oreilles cette rumeur aux accents mélodieux que devait percevoir le petit être qu'elle portait en son sein.

« Peu importe d'où est venue la semence, s'était contentée d'affirmer Sonia lorsque sa logeuse s'était tue. Peu importe, puisque c'est mon enfant. »

Par la suite, Alice Beaulieu se désintéressa de sa grossesse. Mais lorsque Lou naquit, la femme s'émerveilla devant le bébé, et davantage encore devant l'adorable petite fille qu'elle devint en grandissant.

« Ma chérie, avait un jour osé Mme Beaulieu, se croyant seule avec Lou dans la salle à manger. Ma chérie, tu peux m'appeler maman. » Sans voix, Sonia avait vu Lou se dresser sur la pointe de ses menus pieds et appeler maman cette dame qui consentit alors à lui offrir la sucette qu'elle tenait bien haut. Sonia avait dû expliquer à sa fillette de deux ans qu'on n'a qu'une seule maman. Elle s'était assurée par la suite que Lou aurait toujours dans sa poche une provision de friandises. Personne ne ferait chanter son enfant.

Malgré tout, les Beaulieu avaient représenté pour la jeune femme ce qui se rapprochait le plus d'une vraie famille. Après avoir quitté la pension, chaque fois qu'elle s'était sentie désemparée, les jours où son optimisme fléchissait sous le poids des soucis, l'évocation de cette image de Lou quémandant comme un petit chien la dissuadait de reprendre contact avec eux.

Bien que Mme Beaulieu l'eût mise en garde contre le fait qu'une fille mère ne pouvait s'occuper convenablement d'une famille, Sonia réussit à élever Lou et Georgia. Et pendant toutes ces années, tant qu'elle s'était débrouillée sans attirer l'attention de la police ou des services sociaux, en n'ayant pour tout bagage que le strict nécessaire, certes, mais en parvenant à prodiguer l'essentiel – amour maternel et nourriture à profusion –, Sonia s'était estimée satisfaite de son sort. Ses deux fillettes, saines et grasses comme des angelots, étaient son bonheur, son unique fierté.

Jusqu'à ce que, lancé par l'ingrate Louisiane, le javelot de l'échec transperce d'un même élan ses deux moi distincts – la maigre Kathleen terrifiée qu'elle avait été, la jeune mère corpulente et hardie qu'elle était devenue –, les forçant à se côtoyer dans l'agonie.

Dans cette chambre 306 qui semblait attirer le malheur sur ses occupants, Sonia se rendait à l'évidence : elle recevait aujourd'hui son châtiment pour le geste qu'elle avait commis dix ans plus tôt, presque jour pour jour, dans cette épicerie de quartier où elle s'était retrouvée par hasard avec sa petite Lou. Selon l'immémoriale loi du talion, croyait-elle, le même sort lui était aujourd'hui réservé : on lui avait enlevé sa fille et peut-être ne la reverrait-elle jamais.

Le 4 avril de l'année 1968, un peu avant 18 heures, Sonia était entrée dans cette épicerie pour acheter un soda à Louisiane avant de rentrer à la pension des Beaulieu. Voyant le landau laissé seul, voyant chatoyer comme une invite le châle de soie rouge que le bébé endormi serrait dans sa menotte, elle avait failli rebrousser chemin en pensant au coup fatal qu'elle s'apprêtait à porter à la mère. Puis d'un geste vif, elle avait saisi l'enfant et le châle. Elle avait gagné la sortie en marchant à vitesse normale pour ne pas éveiller les soupçons, Louisiane babillant à ses côtés.

Une fois dehors, elle s'était sentie si légère, main dans la main avec sa petite fille et son nouveau bébé serré sur sa poitrine ! Une félicité aux antipodes de ce qu'avait été la conception de Louisiane, de même que le pénible accouchement, après quoi elle s'était juré de ne plus jamais écarter les jambes. Quand s'éveilla ce bébé aux grands yeux qui deviendrait sa Georgia chérie, la petite sœur adorée de Lou la suivant comme son ombre, Sonia ressentit un amour aussi fort que celui qu'elle avait pour Lou. Elle se félicita de son courage : ses filles pourraient toujours compter l'une sur l'autre.

Dans son esprit, la mère du bébé n'exista plus.

Elle ne retourna pas à la pension des Beaulieu, sachant qu'en dépit des égards qu'ils lui témoignaient, et malgré l'affection qu'ils avaient pour sa petite fille qui était née sous leur toit, M. et Mme Beaulieu auraient prévenu la police en lui voyant dans les bras ce bébé sorti de nulle part.

Sonia savait aussi qu'elle n'aurait pas su expliquer son geste d'amour à l'altière Mme Beaulieu.

Sur le flanc

[Aaron]

« Et sa mère ? Elle le sait où est sa fille ? »

Je lui ai posé la question sans détour, parce que je suis d'avis que cette gamine est trop jeune pour être avec des hommes. Combien de fois je lui ai dit que j'étais pas d'accord. Mais Lonzie n'en fait qu'à sa tête.

« Elle n'a pas de famille, qu'il m'a répondu en me regardant droit dans les yeux. Et je l'ai pas touchée, si c'est ce qui te fatigue. »

C'est pas faute de vouloir, j'imagine. Ça ne l'aurait pas démangé bien longtemps autrefois. Ah, il m'en contait de belles, l'étalon. Il pouvait les avoir toutes, à ce qu'il disait, comme des prunes juteuses sur un plateau d'argent. Pour un gars comme moi qui n'avait jamais vu ce qui se cachait entre leurs cuisses, c'était pas croyable d'entendre raconter ce qu'il faisait avec elles. J'étais jeune, mais pas idiot. Je savais bien qu'il n'était pas la franchise en personne. Mais j'écoutais ses histoires salaces et la nuit venue, je m'endormais avec ce cortège d'images qui défilaient dans ma tête.

Sauf que depuis la taule, sa flûte peut plus jouer, alors la biche est sauvée. Enfin, c'est ce qu'il prétend. Lonzie n'est peut-être pas blanc comme neige, mais personne ne mérite ce qu'on lui a fait en dedans. Il n'aurait jamais dû mettre les pieds dans cette prison. Mais la police était sur les dents quand le révérend King s'est fait descendre, avec ces émeutes aux quatre coins de la ville. Des types incendiaient des commerces, fracassaient les vitrines et s'enfuyaient avec tout ce qu'ils pouvaient.

Ce soir-là, je suis descendu dans la rue avec mon appareil. J'ai vu ce type plaqué au bitume par un berger allemand prêt à lui broyer la cheville s'il ne lâchait pas la poupée qu'il venait de voler, pour sa petite fille probablement. Jamais je n'oublierai le visage du policier qui attendait tranquillement que le voleur obtempère pour rappeler son molosse. Un Noir vaut moins qu'une Barbie. Le genre de photo qui fait la fortune d'un photographe en moins de deux. Mais je n'ai pas pu.

C'était pas digne de l'Amérique de se laisser voir sous son plus mauvais jour. Les flammes de l'enfer, des cris et du sang, toute cette haine dans une ville qui compte plus d'églises que de stations-service, c'était à vous rendre malade. Y a pas de limites à la bêtise humaine, on dirait.

C'est à cette époque-là que j'ai abandonné le portrait et que je me suis tourné vers les fleurs. Les natures mortes comme on dit, mais pour moi y a rien de plus vivant qu'une fleur, même coupée. Elles montrent à qui veut bien que le Bon Dieu existe malgré les horreurs qu'on retrouve ici-bas. Chacune a son caractère, que je m'efforce de capter au mieux. Je les photographie toutes, sauf la fleur du cotonnier. C'est magnifique un champ de coton dans la lumière d'août, mais cette foutue plante a causé trop de problèmes ici.

Ils embarquaient tout ce qui avait l'air louche de près ou de loin. Lonzie n'était ni mieux ni pire qu'un autre, mais ils ont déterré quelques trucs pas propres à son sujet. Ils ont fini par épingler le meurtrier et l'ont coffré pour quatre-vingt-dix-neuf ans à Brushy Mountain. Allez savoir si c'est vraiment lui, le blanc-bec qui a tiré par la fenêtre de la salle de bains de la maison de chambres donnant sur le Motel Lorraine. Cette face de rat au nez court et au menton pas d'équerre, je peux même pas le voir dans le journal sans avoir la nausée.

Memphis est restée longtemps couchée sur le flanc à lécher ses plaies. Notre ville n'a pas de veine. Quand on pense que le docteur King n'était pas du coin et qu'il voyageait à travers tout le pays, pourquoi c'est ici qu'il se fait descendre ? Et au motel de Loree et Walter en plus, alors qu'il n'y avait pas plus honnêtes que ces deux-là, qui ont été pendant longtemps les seuls à héberger les gens de couleur. La pauvre Loree a eu une attaque en voyant le révérend baigner dans son sang. Le Lorraine en a pâti et pour Walter, les choses n'ont plus jamais été les mêmes. Mais Dieu merci, ces malheurs sont derrière nous.

Quand Lonzie est sorti de prison, je l'ai pris comme assistant au studio et je l'ai logé ici, même si mon deux-pièces est loin d'être un palace. Qu'il soit noir, blanc, hispanique ou indien, j'ai pour mon dire qu'un homme sans travail n'est pas un homme. Aussi bien le passer tout de suite à la chaise et qu'on n'en parle plus.

J'ai vite détecté qu'il avait un vrai talent pour le portrait. Il faut le voir observer une poulette, de biais pour ne pas l'effaroucher, en faisant semblant d'être occupé à autre chose. Au bon moment, il cadre et vise, aussi vif qu'un fauve fondant sur sa proie. Donnez-lui à photographier la plus laide des bécasses et il en fera une cover-girl. Sauf que c'est tout un casse-tête, parce que les clients connaissent son histoire et veulent le moins possible avoir affaire à lui, même s'il a payé sa dette. Mais personne ne viendra me dicter quoi faire chez moi.

Quand même, je ne suis pas d'accord pour que la gamine reste enfermée ici toute la journée. Si Lonzie voulait vraiment son bien, il comprendrait que c'est pas un endroit pour elle. À son âge, elle devrait dormir dans une chambre propre, se lever de bonne heure le matin et aller poser ses jolies fesses sur les bancs d'école.

Nous, les hommes, c'est différent. Pour le confort, je veux dire. Lonzie et moi on monte à la piaule seulement pour la nuit, à cause de la commande du comité du Carnaval du coton qui nous mange toutes nos journées. Même le dimanche, et avec ça, la coque de mon bateau est sèche comme un con de vieille fille.

Et je n'ai plus une minute à moi pour faire une petite visite à Sonia. La belle Sonia. Je ne suis pas allé la voir seulement une ou deux fois, comme je l'ai laissé croire à Lonzie. C'est vite devenu plus fort que moi, vu qu'elle avait toujours une bonne aventure toute prête pour moi dans ses cartes, on aurait dit. Je ne suis pas idiot. Je sais bien qu'il ne faut pas croire tout ce qu'elle dit. Mais que celui qui n'a jamais rêvé me jette la première pierre ! Et si elle invente des histoires, comment expliquer que le studio se soit soudainement remis à marcher à toute vapeur comme elle l'avait prédit ? Et y a aussi que je ne digérais plus depuis des lustres et que, pas plus tard que la semaine dernière, j'ai mangé un plat de *ribs* grand comme ça, me disant que si je finissais par y passer, au moins je crèverais content. J'ai rien rendu. Comme si j'avais des boyaux tout neufs.

« Colite égale colère. » Voilà ce qu'elle m'a dit la dernière fois. Elle ne fait pas que lire l'avenir dans les cartes, elle peut aussi voir ce que vous avez dans le ventre. De vrais rayons X ses beaux yeux bleus. Ce jour-là, j'ai pris mon temps pour observer son visage pendant qu'elle me parlait. Elle grimaçait : on aurait dit qu'elle voulait prendre un peu de mes souffrances pour me soulager. Je l'ai trouvée encore plus attirante que quand elle sourit.

« C'est pas une colite, mes maux de ventre, c'est un ulcère, que je lui ai répondu.

— Pareil. Des trucs refoulés qui fermentent et vous empoisonneront s'ils n'arrivent pas à sortir d'une manière ou d'une autre. »

Malheureusement, elle n'avait pas le temps de m'en dire plus. L'heure était passée. Elle a pris l'argent : « Vous savez, moi je n'invente rien. »

J'ai eu envie de l'enlacer mais je n'aurais jamais osé. C'est peut-être ce qu'elle aurait voulu de son côté. Allez savoir, avec les femmes. Le soir même, je me suis lamenté à Lonzie devant un verre de whisky. « J'suis pas doué avec les poules, frère. » J'espérais qu'il trouverait quelque chose à répondre pour me requinquer.

L'amour, je ne dirais pas que je n'y crois plus. Ce serait mentir. Mais j'ai fini par penser que ça viendrait quand ça viendrait. Si la vie vous donne des largesses que vous n'avez pas deman- dées et vous refuse ce que vous voulez plus que tout, le mieux, c'est de faire comme si vous aviez vraiment désiré ce que vous réussissez à avoir sans trop de peine et de vous en contenter. Ça peut sonner compliqué ce que je dis, mais c'est plutôt simple. Parce que je ne crois pas qu'on soit venus ici-bas pour lutter contre notre destin.

C'est comme pour ma barque, que j'ai eue d'oncle Joe. C'étaient ses dernières volontés et personne n'a rien trouvé à redire. J'aurais bien voulu les voir, les jaloux, avec un marteau dans une main et un pinceau dans l'autre. Parce qu'elle est loin d'être neuve, et comme l'eau n'est pas l'amie du bois, y a toujours un coin quelque part à radouber. Aujourd'hui, autour des falaises des Chicachas, le Mississippi n'a plus de secrets pour moi. Le vieux m'aurait légué une bagnole en état de rouler, je n'ose même pas imaginer les contrées que j'aurais pu visiter. J'aurais piqué vers le nord. Peut-être jusqu'au Canada, question d'explorer de nouveaux horizons. Mais avec cette vipère d'ulcère qui me jette au tapis au moment où je m'y attends le moins, mieux vaut ne pas trop m'éloigner de mon grabat.

Allez savoir pourquoi je pense à tout ça aujourd'hui. Pour la colère, je ne vois pas de quoi elle parle. Je suis doux comme un agneau. Pas comme Lonzie qui ferait n'importe quoi pour amuser la galerie, même passer le cou d'un coq entre ses dents et le trancher sans cérémonie. Elle ne peut pas taper dans le mille à tout coup, je suppose.

Des emmerdes, je n'en veux plus, maintenant que je remonte la pente. Lonzie devrait comprendre le bon sens pour une fois. Je ne démordrai pas que c'est pas la place d'une gamine ici. Et qu'il la croie quand elle prétend être orpheline, qu'il la croie sans lui poser de questions, c'est bien la meilleure que j'aie entendue. C'est quand même pas un chaton qu'il a attiré ici avec un bol de lait !

C'est vrai qu'elle n'est pas très causante. Elle ne lâche pas la télé une seconde, debout près du sofa comme un flamant planté dans les joncs, cou tendu, prête à s'envoler à la moindre occasion, on dirait. Si je veux lui parler, je dois hurler pour couvrir le bruit des applaudissements. Elle ne manque jamais *The Price is Right*.

« Tu veux manger quelque chose ? Tu picores pas souvent.

— Et alors ? » qu'elle m'a répondu tout en fixant l'écran de ses petits yeux d'oiseau nerveux.

À un certain moment, j'ai vu ses lèvres trembler comme si elle grelottait. C'était plutôt qu'elle calculait mentalement le prix du mobilier en même temps que la grosse femme que l'animateur raide comme un piquet tenait par la main pour éviter qu'elle tombe dans les pommes, tellement elle était blême à force de se creuser la cervelle pour sortir le bon prix. Si c'est possible de se mettre dans un état pareil pour une paire de fauteuils.

J'ai laissé le pain tranché sur le comptoir au cas où elle changerait d'idée et je suis descendu au studio prêter main forte à Lonzie. Il ne reste plus qu'une semaine avant de livrer les portraits de poulettes au comité du Carnaval du coton.

Rêve américain

Elle m'a menti à propos de la télévision. C'est faux qu'elle nous abrutit. J'apprends plus que jamais sur la vie depuis que je la regarde à longueur de journée. Maintenant, je sais le prix des choses. Une Cadillac DeVille décapotable coûte plus cher qu'une tondeuse Lawn-Boy. Un robot Cuisinart, beaucoup moins qu'une horloge Baldwin ou qu'une machine à laver Whirlpool qui lave le linge plus blanc. Le confort est pour tout le monde de nos jours. Pourvu que vous puissiez vous les offrir, elles sont à vous, ces merveilles qui cuisent, malaxent, défroissent, lavent et aspirent.

La clochette de l'émission tinte comme une détraquée. J'arrête de respirer : c'est l'heure du *Showcase Showdown* ! Les pans du rideau orange et jaune s'écartent. « Un splendide séjour tout neuf ! » crie l'annonceur. Sur la scène, les mannequins Holly et Janice, vêtues de minijupes mauves, désignent les meubles, paumes tournées vers le ciel. Je commence à calculer. Holly se penche vers la table à café ébène pour y donner quelques coups de plumeau avant de disparaître de l'écran. La blonde Janice s'avance sur la moquette Carpet One. Elle prend place dans le fauteuil, croise les jambes, caresse le dossier de sa main manucurée. Parfois, une pièce du décor s'abat sur l'un des mannequins qui continue à sourire. Tout doit rouler comme sur des roulettes à la télé.

Vite, je dois compter extrêmement vite. J'ai les mains moites et mes boucles me collent au front, mais je me fiche bien de l'allure que j'ai. Tout ce qui compte se joue dans ma tête et au creux de ma poitrine, où mon cœur bat trois fois plus fort que d'habitude, m'empêchant presque d'additionner. Mais les chiffres ça me connaît. J'ai encore une seconde pour déterminer le prix des deux fauteuils, de la table à café et de la moquette bleu céladon. Sans oublier le téléviseur couleur Panasonic. Je sens les cercles humides s'élargir sous mes aisselles. Je me décide enfin à sortir un chiffre et je retiens mon souffle en attendant de connaître le vrai, le juste prix : celui que Janice dévoile à l'instant.

De nouveau la clochette tinte. J'ai gagné! Ils seraient à moi, ces jolis meubles, si j'étais dans les souliers de Candice, la femme à côté de Bob Barker. La voix de l'annonceur aurait dit : « Louisiane, nous vous souhaitons du bon temps dans votre nouveau séjour! »

Je me fais mon cinéma : un nuage de confettis crève sur ma tête. Ou mieux, une pluie de billets verts. Je pose mes fauteuils là où bon me semble, dans ma maison que je peux imaginer exactement comme je la veux, puisque contrairement à Candice, je ne possède pas de vraie maison à Los Angeles ni ailleurs. Je vois ça d'ici : Sonia s'amènerait chez nous comme de la grande visite. Elle poserait son derrière sur du véritable cuir, trop impressionnée pour ouvrir la bouche. Georgia marcherait pieds nus sur ma moquette qu'elle trouverait mille fois plus douce que la bande de pelouse autour de la piscine du Lorraine. Un verre de whisky à la main et notre chat tigré sur ses genoux, Lonzie jetterait un coup d'œil autour. « Bébé, il est super notre séjour. »

Pour vrai, on n'a même pas besoin de se parler Lonzie et moi, vu qu'on pense pareil. J'ai la vie que je veux maintenant, loin de Sonia et de Georgia qui ne voyaient jamais les choses de la même manière que moi. C'est à peine plus grand qu'une chambre de motel chez M. Aaron. Mais il ne faut pas croire que je suis enfermée comme Jinny dans sa bouteille. Je mène ma barque comme je l'entends.

Le jour où je me suis pointée ici avec l'adresse dans la poche de mon blue-jean, j'ai réalisé que je ne savais même pas le nom de Lonzie.

« Vous vous souvenez de moi ? Au Four Way Grill. »

Évidemment qu'il se souvenait de moi. Il m'a demandé d'enlever ma montre et on a fait des photos. J'ai un corps de rêve. Je relève mes cheveux et je souris comme une vraie cover-girl, tandis qu'il guette le bon moment pour me cribler de flashes. C'est si facile de lui plaire.

Cette photo-ci me montre de dos, l'air d'une fleur avec ma croupe trop ronde sur mes jambes minces comme des tiges. Sur celle-là, j'ai la bouche sévère d'un chat. Lonzie les regarde avec moi par-dessus mon épaule et je sens son souffle tiède dans mon cou quand il murmure : « Tu vois bien que t'es belle comme pas une. »

Ce dimanche-là au studio, les heures ont filé à une vitesse incroyable. Quand j'ai regardé ma montre, il était trop tard pour aller chercher Georgia à l'église. Et beaucoup trop tard pour éviter que Sonia s'inquiète.

Elle a menti à propos de la télévision. À propos des hommes aussi.

La chienne

Après avoir quitté la pension des Beaulieu,
Sonia vécut de motel en motel avec ses deux
petites filles, gagnant sa vie en prédisant un
avenir radieux à ses clients. Plongeant dans les
cartes ses yeux bleus soulignés de khôl, elle leur
vendait de l'espoir. Elle adorait raconter des histoires à ces hommes, ainsi qu'à Lou et Georgia,
pour qui elle avait inventé un papa beaucoup
plus intéressant que celui en chair et en os
qu'elles auraient pu avoir, se disait-elle pour se
disculper.

Pour ses clients, moyennant un supplément,
elle fermait les yeux et ouvrait son canal de com-
munication avec l'au-delà afin de leur donner
des nouvelles d'un proche décédé. Jusqu'au jour
où, alors qu'elle s'apprêtait à converser avec le
frère défunt d'un client, une voix de femme lui
avait demandé des explications sur ce sombre
jeudi 4 avril 1968. La propriétaire du landau,
avait immédiatement compris Sonia. Prétex-
tant un soudain mal de tête, elle avait mis son
client à la porte et avait par la suite cessé tout

commerce avec les morts, redoutant les intrusions de cette voix éteinte.

Sonia ne lisait pas les journaux et n'allumait jamais la télévision. Elle ignora toujours l'identité du bébé qu'une femme et un homme au visage défait avaient supplié le ravisseur de leur rendre, l'implorant d'aller le déposer dans une église.

Le soir de l'enlèvement, le couple avait tenté en vain d'attirer l'attention des téléspectateurs, davantage intéressés par les émeutes qui éclataient dans les rues des villes du sud des États-Unis après l'annonce de l'assassinat de Martin Luther King.

« Et pour nous, qui descendra dans les rues ? Comme je hais cet homme dont la mort met l'Amérique à feu et à sang ! » avait gémi la mère du bébé disparu, devenue insensible aux tragédies qui la veille encore l'auraient émue. Une part de sa raison, elle l'admettait, l'avait quittée pour de bon. Chaque jour, elle tourna un peu plus le dos aux humains préoccupés de leur espèce. Serrés les uns contre les autres, ils réchauffaient leurs mains au-dessus des flammes, tandis qu'à l'écart, elle mourait de froid. Elle errait seule sur terre en transportant dans sa gueule le cadavre de son bébé.

Si seulement j'avais pris la chienne.

Dès la minute où, affolée, elle avait trouvé le landau vide, elle n'avait cessé de s'assener ce reproche. Il la fouissait même pendant son sommeil, gardait béante sa douleur, lui rappelant nuit et jour sa terrible faute. Car le berger allemand marchait toujours près du landau, ajustant son allure au pas de sa maîtresse. Et remarquant les yeux si doux, mais devinant la puissante mâchoire sous le museau mordoré, qui aurait osé s'approcher du bébé?

Elle perdit l'espoir de revoir son enfant le jour où les enquêteurs se mirent à éviter son regard, et surtout quand son mari cessa de lui promettre – avec cette lueur dans les yeux qui avait été le meilleur gage de sa franchise – l'unique chose qui comptait désormais : que leur serait bientôt rendue leur petite fille et que reprendrait la vie d'avant, sous la protection de la vaillante chienne.

Elle comprit alors que la douleur ne disparaîtrait jamais.

Son mari était retourné travailler. « Ou bien je deviens fou. »

La femme passait ses journées dans la cuisine, la chienne couchée à ses pieds, son bras reposant près de la tasse rouge portant l'inscription *Have a Nice Day*. Cette robuste tasse à café était désormais la seule capable de lui adresser les phrases les plus anodines de la civilité humaine.

De temps à autre lui parvenaient du lointain des pleurs ou le grincement d'une roue de landau. Ces bruits la faisaient sursauter, alors qu'elle n'entendait pas la sonnerie du téléphone juste derrière elle.

Les coups de fil et les visites des parents et amis se raréfièrent. Même la musique échoua à l'apaiser. À présent, elle avait tout le temps de souffrir seule en silence.

« Même pas eu le temps d'avaler un café », s'était-elle souvent plainte à son mari au téléphone, forcée d'élever la voix pour couvrir les cris du bébé se contorsionnant sur ses genoux, dont elle essayait de chasser les coliques en frictionnant le petit ventre. Cela avait été sa plus grande frustration en devenant maman, se rappelait-elle, le cœur broyé de regret : voir s'envoler l'une après l'autre les heures de la journée, assujetties aux besoins de la petite.

Sous la table, la chienne dressa l'oreille, puis posa la tête sur ses pattes avant.

Ce jour-là, elle avait commis l'erreur fatale de la laisser à la maison, trop pressée pour aller chercher la laisse, dans sa hâte de calmer les pleurs du bébé dans le landau. La petite s'était ensuite endormie et la promenade était devenue agréable. Elle était entrée dans cette épicerie, s'était éloignée quelques instants du landau pour choisir la pièce de viande la plus tendre, la plus rouge.

Orgueilleuse en tout, se blâma-t-elle. *Je suis un monstre.*

Elle entendait encore le hurlement qui était sorti de sa gorge, revoyait la viande lui échapper des mains, le sang rougir le terrazzo à ses pieds et éclabousser le landau.

Elle leva les yeux vers le tableau accroché au mur de la cuisine : un vase piqué de fleurs tristes, comme tourmentées par un courant d'air, à la manière des *Tournesols* de Van Gogh.

Elle s'en lassa et tourna lentement la tête vers la fenêtre.

Le ravisseur était une femme, elle en était persuadée. Une déséquilibrée en mal d'enfant qui avait saisi le bébé sans oublier le châle, dont l'odeur familière le rassurerait encore long-temps après l'enlèvement. Seule une femme pou-vait avoir cet instinct. À présent, elle s'occupait de sa fille, la langeait, la nourrissait. Peut-être était-elle jolie, ayant l'air d'une Madone avec l'enfant dans les bras.

Un loup en manteau de brebis avait détruit sa vie d'un coup de griffe.

L'anniversaire de l'enlèvement coïncida avec la venue précoce d'un printemps éblouissant.

Elle annonça à son mari qu'elle profite-rait du beau temps pour sortir la chienne. Il se réjouit de ce retour à la vie normale.

Atteinte mortellement, écrivit-elle sur le for-mulaire de justification qu'elle remit au vétéri-naire, qui conduisit le berger allemand dans une pièce étroite.

À la maison, elle avala la quantité néces-saire. Elle s'allongea et passa du côté des morts au même moment que sa chienne.

Comme une tombe

[Georgia]

Ma mère ne trouve plus le repos. Elle a perdu l'appétit, n'a plus la force de brasser les cartes ni d'agiter son pendule.

Le poste de télévision reste toujours allumé. Il crache sur nous ses reflets bleutés jour et nuit. Elle espère qu'il nous dira où est Lou, même si c'est au fond du Mississippi ou sur un tas d'ordures.

Je la laisse pleurer. Je sais que Lou est saine et sauve quelque part. Elle n'a pas été mordue au pied par un serpent. Elle ne s'est pas fait dévorer par un loup. C'est juste qu'elle ne pouvait plus nous sentir.

Quand le téléphone sonne, ma mère se jette dessus pour répondre. C'est un client la plupart du temps, mais comme elle leur raccroche au nez, il sonne de moins en moins souvent.

Je déteste le silence. Jacqueline dit que la musique est un baume sur la misère des hommes. Je voudrais tant consoler ma mère en lui chantant ses chansons préférées ! Mais ma voix refuse de m'obéir depuis que Miss DePriest la corrige pour la Pentecôte. Je n'arrive plus à chanter comme avant, quand Lou disait qu'il n'y en avait pas deux comme moi sur toute la planète pour imiter le King, que notre mère riait tellement en me voyant chanter et danser qu'elle en oubliait sa jambe pourrie.

Aujourd'hui, mes doigts ne savent plus gratter une guitare. Aussi raides que des cierges, mes jambes résistent à l'entrain du refrain. Sans compter les paroles qui s'emmêlent : des souliers bleus qui ne doivent pas devenir cruels au Heartbreak Hotel, ça ne rime à rien.

Elvis est mort et Lou s'est envolée. La chambre est triste comme une tombe.

La serviette

Aaron Eagle s'était réveillé très mal en point. Tremblant et couvert de sueur, il avait dû se tirer plusieurs fois du lit pendant la nuit pour aller vomir son souper, des *chitterlings* aux oignons comme il les aimait. Il avait même craché du sang. Il se fichait bien que les intestins de porc soient aujourd'hui méprisés par la plupart de ceux dont les ancêtres avaient dû se nourrir de ces bas morceaux rejetés par leurs maîtres. Ils lui rappelaient son enfance et il les appréciait trop pour se priver d'en manger.

Voyant Aaron couché en chien de fusil qui fixait sa serviette de cuir d'un œil vide, Lonzie avait tout de suite compris qu'il n'aurait pas le choix. Il allait devoir livrer les photographies à sa place. *Lui qui aime tant manger et qui ne peut pas, la gamine qui devrait mais qui ne veut pas : ils font une jolie paire tous les deux*, avait-il songé en faisant pivoter sur son poignet la patte en or du bouton de manchette.

Il avait dissimulé son désarroi derrière les gestes de la toilette des grands jours. Rasé de frais, il était sorti dans la rue, la serviette d'Aaron sous le bras, portant chemise neuve et chaussures fraîchement cirées. Il avait laissé tomber la cravate. *C'est pas au bal que je m'en vais.*

Tandis qu'il marchait en direction du Victorian Village, il lui sembla qu'il réussissait à se fondre dans la foule, à adopter l'attitude des braves gens se rendant à l'église ou ailleurs. Il foulait le même sol, respirait comme eux l'air frais de cette matinée de printemps à Memphis. Puis il s'aperçut que ses dents claquaient. Il tenta de se calmer. *C'est seulement les nerfs. Personne ne peut te renvoyer à l'ombre maintenant que tu marches droit comme tout le monde.*

En écho à sa propre voix mal assurée, il entendit celle de l'aumônier du pénitencier de Shelby County qui l'avait visité chaque semaine dans sa cellule. Maintes fois, le vieil aumônier l'avait assuré que si rien ne pouvait être effacé de l'ardoise d'une existence, en revanche, tout pouvait être pardonné par le Seigneur. Mais en prison, dans l'état de confusion où il se trouvait, Lonzie n'avait pu saisir toute la portée de ces mots salvateurs.

C'est plutôt à la justice des hommes qu'à celle de Dieu qu'on a affaire en dedans. Il avait été traité durement par les autres détenus, qui l'appelaient le sale taureau. L'un d'eux lui avait un jour sauté à la gorge pour régler son compte au frère traître qui avait assassiné Martin Luther King, avait-il hurlé. Harcelé par sa propre conscience tout autant que par la cruauté des autres, Lonzie en était venu à ne plus savoir quelles fautes il devait expier. Lorsque la police avait enfin écroué l'assassin du docteur King, Lonzie avait constaté avec soulagement que l'homme blême aux lèvres minces ne lui ressemblait en rien. Il avait toutefois continué d'être la cible de mesquineries de toutes sortes, qui lui laissèrent la frayeur constante d'être agressé.

Ce n'est qu'une fois remis en liberté qu'il avait vraiment compris les paroles de l'aumônier : lorsque son ami Aaron était venu le trouver dans le minable meublé qu'il louait à la semaine. Il lui avait offert un boulot. S'il existait un salut possible, avait alors pensé Lonzie, c'était celui-là : l'aide de ceux qui vous connaissent depuis toujours, qui pourraient vous laisser tomber pendant votre traversée du désert, mais qui vous tendent plutôt la main.

Aaron était sa seule famille désormais. Avec la gamine.

Sa vraie famille, il avait fait une croix dessus. Peu après sa sortie de prison, Lonzie s'était rendu au Motel Lorraine pour voir sa sœur Jacqueline à la fin de son quart de travail. Il avait remarqué que sa robe de femme de chambre lui seyait bien. Il s'était dit qu'elle devait entretenir son uniforme avec grand soin, presque avec ferveur, comme seuls le font ceux qui n'ont jamais possédé de vêtements convenables. Ce soir-là, Jacqueline lui avait tendu un billet de dix dollars d'une main impérieuse. *Semblable à celle de notre père*, avait alors pensé Lonzie, à la rude main de cet homme incapable du moindre geste de tendresse, prompt à corriger chez ses enfants ce qu'il considérait être des travers qu'eux autres Noirs ne devaient point posséder, la paresse et l'orgueil venant en tête de liste. De là-haut, comme Joseph Smith devait fulminer s'il pouvait voir entre les doigts fainéants du fils le billet durement gagné par sa vaillante fille !

L'obstination de Lonzie à croire que ce qui était bon pour les riches l'était également pour lui avait été la cause des innombrables querelles avec son père, qui avaient vicié l'air de la fermette où ce dernier élevait seul ses deux enfants. N'ayant foi que dans l'honnête labeur physique, Joseph Smith s'indignait du peu d'intérêt que démontrait son fils pour l'apprentissage d'un métier respectable. « Tu finiras en prison, Lonzie » concluait invariablement leurs acrimonieux échanges.

Malgré les admonestations paternelles, Lonzie avait refusé que sa vie fût dictée par le sifflet de l'usine ou les caprices des grands propriétaires terriens du comté, comme son père qui s'était épuisé à cultiver un petit lopin de terre et à nourrir du bétail qui ne lui appartiendraient jamais. De l'autre côté de l'océan, l'Afrique entière se réveillait, avait appris Lonzie. Il était grand temps que leurs frères d'Amérique en fassent autant.

Il s'était révolté très jeune à l'idée d'étouffer dans la cage fétide de la pauvreté au milieu d'un océan d'opulence. Dans sa *Lettre de la geôle de Birmingham*, c'était en ces termes que Martin

Luther King avait décrit la situation déplorable dans laquelle restait enlisée la grande majorité des vingt millions de Noirs américains, cent ans après l'abolition de l'esclavage.

Lonzie appréciait le style direct et imagé du révérend King, un homme instruit, mais dont le message avait toujours été accessible aux types comme lui, Lonzie Smith. Il avait eu confiance en lui. Mais comme plusieurs jeunes, il avait fini par se lasser de la lenteur de l'approche non violente. Les choses ne changeaient pas assez vite à son goût et il s'était mis à voir King comme un oncle Tom faisant le jeu des Blancs. Il avait alors lorgné du côté du Black Power. Puis les événements s'étaient précipités. King avait été abattu au Motel Lorraine où Jacqueline venait d'être embauchée comme femme de chambre. Pour Lonzie, les ennuis sérieux avaient commencé.

La dernière fois qu'il avait vu Jacqueline, lui ayant arraché des mains le billet de dix dollars trop hâtivement pour convaincre quiconque qu'il n'était pas désespéré, Lonzie avait tourné les talons et quitté les lieux sans jeter un regard à sa sœur qui criait : « Je ne veux plus te voir, tu m'entends Lonzie ? »

Elle est certaine que j'irai boire ou parier son argent. Mais pour une fois elle aura tort, avait-il pensé.

Il ne saurait jamais – et cela le peinait davantage qu'il ne voulait se l'avouer – si, n'eût été ce billet de banque âprement quémandé qui avait gâché leurs retrouvailles, Jacqueline se serait montrée heureuse de savoir que son frère était désormais libre.

Il était resté seul chez lui à ne rien faire. Vers minuit, Aaron avait frappé à sa porte. Il était venu soustraire Lonzie à son oisiveté malsaine, au combat qu'il devait se livrer chaque minute à lui-même pour ne pas retourner à sa vie de malfrat.

Lonzie avait accepté de devenir l'assistant de son ami, en échange du gîte et du couvert. Aaron l'avait prévenu qu'il allait devoir côtoyer une multitude de jeunes filles au studio. Cette éventualité avait d'abord terrorisé Lonzie. Mais une fois plongé dans le travail, sans qu'il puisse s'expliquer comment et pourquoi – était-ce une prouesse technique ? Une intervention divine ? –, il avait constaté que l'appareil photo faisait écran entre les filles et lui, de telle sorte que le triangle d'enfer formé par leurs jeunes seins et leur fourche ne signifiait rien de plus que les trois points focaux, sous les épaules, d'un plan américain parfait. À quelques pieds de distance, elles pouvaient retoucher leur jolie bouche ou secouer leur crinière sans provoquer en lui le moindre tressaillement. Elles formaient un troupeau compact, d'une espèce n'ayant aucun rapport avec la sienne : de cette savane ils partageaient seulement le même point d'eau, l'ombre du seul acacia.

Après quelques semaines chez Aaron, Lonzie avait senti son être tout entier se redresser et reprendre vie d'homme. Il s'était laissé peu à peu persuader qu'il n'était plus – qu'il n'avait peut-être jamais été ? – cette bête suppliciée au front bas, à la robe fauve trempée d'effroi, aux pieds bandés de poussière blanche.

Mais voilà qu'une simple visite dans le Victorian Village le ravalait à sa misère.

Il se retrouva devant l'imposante maison d'Herbert Golden, dont Aaron lui avait griffonné l'adresse d'une main tremblante. Le col empesé de sa chemise comprimait les veines de son cou comme un garrot, et la douleur irradiait jusque dans ses pieds coincés dans les chaussures trop étroites d'Aaron. Autour de lui, il crut voir ce quartier chic de Memphis s'ensabler telle une arène.

Herbert Golden le prendrait de haut, se disait Lonzie. Mieux vaudrait éviter de croiser le regard de cet homme qui chercherait sûrement à lire des choses pas nettes dans ses yeux. Comme un bouclier, il plaqua la vieille serviette de cuir contre son torse, puis se décida à sonner. Une servante le conduisit dans une pièce où se trouvaient réunis les membres du comité du Carnaval du coton. Il sentait la sueur lui couler entre les omoplates. *On ne peut pas dire qu'ils me font la fête. C'est Aaron qu'ils attendaient.*

« Je suis Lonzie Smith. » Maîtrisant sa nervosité, il sortit les portraits, les étala sur la table. Herbert Golden chaussa ses lunettes et se mit à déplacer les jeunes filles comme des cartes à jouer. Au bout d'un moment, il se racla la gorge et dit : « Cette année, Lonzie, nous voudrions aussi une princesse de couleur pour la parade. Une peau noire, mais des plus claires.

Des traits plutôt fins. Les temps ont changé, Lonzie. Memphis n'est pas Jéricho. Nous souhaitons redonner à notre ville sa splendeur d'autrefois, avec une touche de modernité. Vous comprenez, Lonzie ? »

Lonzie se demanda de quoi il avait l'air, dans les habits d'Aaron, pour que l'homme lui parle ainsi en détachant chaque syllabe. *Comme si j'étais taré. Ce Golden, je ne le connais ni d'Ève ni d'Adam et je n'aime pas qu'il répète mon prénom, Lonzie-Lonzie-Lonzie, comme un sale moustique me vrillant les tympans.*

D'aussi loin qu'il se souvienne, Lonzie avait eu le carnaval de Memphis en aversion. Contrairement à Jacqueline, hissée sur les épaules de leur père, riant et battant des mains, Lonzie se renfrognait. Le gamin ne comprenait pas pourquoi les seuls gens de couleur participant à la parade étaient les hommes chargés de tirer les chars allégoriques. Et personne autour de lui ne paraissait choqué de ces attelages humains, pas même son père, qui se laissait marteler la poitrine par les courtes jambes agitées de spasmes joyeux de Jacqueline, semblant envoûté par le long serpent de la parade ondulant sur Main Street. Lonzie n'appréciait pas le spectacle tel qu'il était. Il s'imaginait à la place du roi, au bras de la reine du coton. Mais comme beaucoup d'autres choses qu'il découvrirait en grandissant, il s'agissait d'une prérogative des Blancs.

Tandis qu'il écoutait Herbert Golden décrire la princesse noire, Lonzie eut un geste vers la serviette pour y prendre la photo de Louisiane, qu'il avait glissée le matin dans l'une des poches latérales, en guise de talisman. Puis il imagina la jeune fille sur le char royal, prise dans les dentelles, ses fines chevilles bridées de cuir, et se ravisa. *Cette saloperie de Carnaval du coton veut ma peau on dirait. Qu'ils ne comptent pas sur moi pour la livrer en pâture. J'en trouverai une autre qui fera aussi bien l'affaire, même si je dois ratisser toute la ville à pied.*

Le soir où il l'avait croisée par hasard au restaurant, il marchait dans Downtown. Il était entré au Four Way Grill avec l'intention de s'offrir un petit remontant. Un seul verre, s'était-il promis, pour chasser la déprime. Avril le tuait. Chaque année c'était pareil : après l'hiver, la chaleur lui manquait comme l'eau au poisson. On aurait dit que le froid lui pénétrait l'âme autant que les os.

Et il commençait à en avoir plus qu'assez de son travail. Du matin à la tombée du jour, les jeunes Blanches de Memphis défilaient dans le studio de South Main. Chacune trouvait grâce aux yeux d'Aaron, même celles qui n'avaient aucune chance d'être sélectionnées. Avec la voix cassée des hommes incapables de résister aux femmes, avait remarqué Lonzie, il complimentait les plus quelconques comme les superbes, relevant un menton, replaçant une mèche blonde derrière une oreille. *Pourvu qu'elles aient de quoi payer le portrait couleur. Mais tout ce temps, c'est moi qui me saigne à blanc, enfermé dans la chambre noire ou plié en deux derrière le trépied.*

Il aurait eu besoin d'un peu de repos et avait tenté de faire comprendre à son ami que carnaval ou pas, un homme devait se distraire de temps en temps. Mais Aaron était têtu. D'autant plus qu'il semblait résolu à soutirer tout ce qu'il pouvait à la Providence tandis qu'elle passait par là. Ils étaient loin, soupirait Lonzie, les dimanches après-midi passés à se la couler douce sur le Mississippi.

Une fille de son âge ne devrait pas se promener seule dans ce quartier, avait-il songé en l'observant depuis le fond de la salle à manger. Elle semblait attendre quelque chose de la vie, sans vraiment savoir quoi, sans même croire qu'elle le trouverait un jour. Et davantage que sa singulière beauté, dont il ne mesurerait la valeur que beaucoup plus tard, c'était précisément ce qui l'avait attiré : cette avidité rentrée pouvant passer pour de l'indifférence, qui distinguait une gamine comme elle des filles à papa à qui l'on offrait chaque jour la lune. Lonzie y avait vu la promesse qu'elle serait gentille avec lui, sans exiger quoi que ce soit en retour. *Un coup de printemps dans mes veines*, avait-il pensé, son pouls s'accélérant.

Puis brusquement, il s'était senti vieux, fatigué. Le troisième verre, bu d'un trait, était venu à bout du pli qui durcissait son front. Après la dernière gorgée, il avait cligné lentement des yeux et, ne la voyant plus, avait cru qu'elle s'était éclipsée, emportant l'excitation qu'elle avait fait naître en lui, de même que la suite de l'histoire qui commençait à prendre forme dans son esprit. Puis de nouveau, il avait aperçu la ligne nette de son cou, ses jambes gainées de denim. Elle n'avait pas bougé d'un pouce.

Avant de se lever, il s'était humecté les lèvres en s'efforçant de les garder scellées sur sa denture trop arquée. Il savait que son sourire le désavantageait. Il s'était décidé à l'aborder, se disant que l'attrait qu'exerçait le Carnaval du coton sur les jeunes filles ferait le reste. Elle n'était pas de Memphis et n'avait jamais vu la parade. Il avait pu lui raconter ce qu'il voulait.

Peu de temps après, elle s'était présentée au studio. Il l'avait regardée avec émoi enlever sa montre-bracelet, en retournant son poignet sur le côté tendre où affleuraient des veines minuscules. Il avait eu hâte de la voir obéir lorsqu'il lui demanderait de dégager vers l'arrière les boucles qui lui retombaient sur les yeux. Il voulait être le premier à qui elle dévoilerait son regard de gamine ignorant son charme. *De nos jours, elles perdent leur innocence si vite.* Surtout, il avait hâte de vérifier si même avec elle, la magique *camera obscura* d'Aaron le protégerait de la tentation.

Ce jour-là, il s'était surpris à souhaiter qu'elle ne reparte jamais.

Il ne pouvait plus se passer d'elle. Louisiane regardait la télévision toute la journée, ne semblant jamais s'en lasser, tandis qu'il s'affairait en bas au studio. Lorsqu'il montait la retrouver, il l'écoutait rêver aux pages glacées des magazines et aux défilés de New York, sachant qu'à ces châteaux en Espagne elle préférerait toujours les attentions qu'il lui prodiguait, dont elle avait cruellement manqué.

Et Aaron avait tort de rouspéter, se disait Lonzie. *Je ne l'ai pas forcée ni rien. C'est elle qui est venue me trouver ici, vêtue de rouge...* Aaron y trouvait largement son compte, car grâce à elle, il n'avait plus besoin de réprimander son assistant pour son manque d'ardeur au travail. Louisiane s'intéressait à ses photos et Lonzie entendait bien l'éblouir. Elle les scrutait une à une, commentait chacune avec un jugement très sûr, ne voyant jamais une rivale, s'étonnait-il, mais semblant plutôt trouver dans chaque élément - une pommette morne sculptée par les jeux d'ombre et de lumière, des yeux devenus plus vifs ou plus pensifs - la preuve irréfutable de l'incomparable talent du photographe.

À travers le regard de cette gamine ignorant tout de son passé, Lonzie apprenait à se considérer sous un jour nouveau. Comme il aimait l'entendre le proclamer meilleur photographe de Memphis! Une vraie musique à ses oreilles, lui qui en était venu à croire qu'il ne ferait jamais rien de bon. Désormais, il concevait chaque journée comme une occasion de cultiver ce talent dont il avait ignoré l'existence pendant les trente premières années de sa vie, trente années vécues sous l'emprise de la haine de soi, du désœuvrement et de la frustration, faute d'avoir pu croiser plus tôt sur sa route une personne capable de le voir autrement qu'en vaurien qui finirait toujours par décevoir.

N'ayant jamais été en contact avec l'art avant qu'Aaron le prenne sous son aile, Lonzie ne savait pas ce qu'était une muse. Mais songeant aux paroles du vieil aumônier, il se disait que le Seigneur, qui s'était si peu préoccupé de lui jusqu'ici, reconnaissait aujourd'hui la sincérité de son repentir. Dans Sa grande miséricorde, Il le récompensait d'avoir abandonné l'alcool et le pari - il avait vendu son coq et ne fréquentait plus le gallodrome - en lui offrant cette fille belle comme un appât.

À la suite d'Herbert Golden, la dame au long collier - son épouse, comprit Lonzie - prit la parole, enroulant les perles autour de ses phalanges : « Et notre princesse noire devra être très mince. D'ailleurs, cette année, les sept jeunes filles de la cour royale du carnaval seront fines comme des roseaux. Car 36-24-36, figure poupine bonne mine, c'est démodé. Il faut du neuf pour intéresser les gens. Vous comprenez, mon garçon ? »

Lonzie avait prêté peu d'attention aux propos de Brenda Golden. Amplifié par sa nervosité, le choc des perles du collier lui rappelait les cliquetis incessants qui lui fendaient le crâne au pénitencier. *Cesse ton manège ou je t'étrangle avec.* Il crut que la femme pouvait lire ses pensées, car brusquement elle se tut et lâcha son sautoir qui lui pendit mollement au cou.

Il quitta la réunion les nerfs à vif. Le temps menaçant de tourner à l'orage, il emprunta un raccourci et se retrouva sur Auburn Avenue. Il croisa sur son chemin la petite église baptiste qu'il avait fréquentée enfant, où Jacqueline avait chanté l'amour de Dieu – *et probablement prié pour le salut de son damné de frère*, ricana-t-il.

Il s'arrêta devant l'escalier de pierre.

Tandis que le vent retroussait les feuilles des chênes sur leur face argentée, que glissaient sur son visage les premières gouttes de cette pluie printanière, il entendit des notes claires s'échapper des grandes portes en arche.

Tous ses muscles se détendirent sous la caresse des voix de ce chœur d'enfants. Il détacha le premier bouton de son col et put enfin respirer librement.

Du rouge, de l'or

[Louisiane]

Lonzie je l'adore. C'est M. Aaron que je ne peux plus sentir. Il est toujours sur mon dos. Il veut m'inscrire à l'école et me casse les pieds avec son père cordonnier qui n'a pas eu la chance de s'instruire. Mais qu'est-ce que j'en ai à cirer de l'école, puisque j'apprends tout ce que je veux à la télévision? On n'apprend pas la vie dans les livres. Je suis d'accord avec Lonzie là-dessus.

En me mitraillant de conseils, M. Aaron ne réussit qu'à me faire rater mes émissions. Selon lui, une fille de mon âge ne doit pas passer son temps entre quatre murs à regarder la télévision. Mais peut-il se rappeler une seule chose importante qu'il a apprise à l'école? Son pauvre sourire laisse voir ses dents jaunies par le tabac. Il se tord les mains, sautille d'un pied sur l'autre, incapable de trouver une réponse à ma question.

Il s'est mis en tête de me faire avouer que j'ai une mère quelque part qui se ronge les sangs nuit et jour. Il l'imagine peut-être comme celle de Betty, Bud et Kathy dans *Father Knows Best*, un tablier blanc autour de sa taille de guêpe et entre les mains, un gâteau sorti du four. Le genre de maman qu'on ne voudrait quitter pour rien au monde. Je lui ai raconté que je n'ai pas connu mon père et que ma mère a été emportée par une terrible maladie. Il a croisé les bras, haussé les sourcils. C'est son problème s'il ne me croit pas. Il m'a demandé quel genre de maladie sur un ton laissant entendre qu'il pensait avoir enfoncé le dernier clou dans mon cercueil. « Des trucs qui fermentaient en elle et qui ont fini par l'empoisonner », ai-je répondu. J'ai bien vu à son air surpris que j'avais réussi à lui en boucher un coin, cette fois.

Je m'efforce d'effacer M. Aaron de ma vie.

Je pense à Lonzie. Le soir, Lonzie prend mes mains dans les siennes, me dit que des mains comme celles que le Bon Dieu m'a faites donneront envie aux femmes du monde entier d'acheter des bagues ou du vernis. Que ma bouche fera vendre des millions de tubes de rouge sur toute la planète. « Les femmes sont des garces prêtes à se ruiner pour allumer les hommes. »

L'appareil photo m'adore et c'est une chose qui ne ment pas. Aujourd'hui, la peau des cover-girls n'a plus à être aussi claire qu'autrefois. La coiffure afro est à la mode. Lonzie dit que je devrais cesser de lisser mes boucles avec cette pommade bon marché. « *Black is Beautiful* », crie-t-il en levant le poing.

Mon corps vaut de l'or. Si Lonzie dit vrai, il suffirait d'un petit coup de pouce du destin pour que les photos qu'il a faites de moi se retrouvent entre les mains des bonnes personnes à New York, qui est la capitale de la mode. J'ai de l'ambition à revendre et je gagnerai beaucoup d'argent! Quand je serai mannequin, je pourrai m'offrir tout ce que je veux et sortir Georgia et Sonia de leur trou à rats. Qui voudrait passer sa vie dans une chambre de motel?

En attendant que le monde m'appartienne, ce sera bientôt le Carnaval du coton en ville: l'occasion rêvée de me faire remarquer! Je laisserai tomber mon blue-jean pour une robe longue et je porterai une couronne. Mais malgré son immense talent, Lonzie n'a pas le dernier mot: c'est le comité du carnaval qui choisit les princesses.

« Souviens-toi que tu seras toujours ma princesse à moi et que c'est mille fois mieux qu'être une princesse du coton », me murmure-t-il à l'oreille.

Et depuis quand les princesses vont à l'école? Avec sa cervelle de canari, M. Aaron ne peut pas comprendre une chose aussi simple que celle-là, on dirait. S'il pouvait donc disparaître et nous laisser tranquilles tous les deux.

Supplication

[Georgia]

Miss DePriest, Ô Miss, Ô Miss
Faut pas croire que je veux la gloire
Je vous en supplie croyez-moi
C'est Alabama
Qui a la plus belle voix
Celle que l'Seigneur veut entendre
    dans Sa maison
Mais je vous en prie : écoutez-moi
Ma sœur Lou s'est envolée
Je dois chez nous la ramener
Sauf que si je reste cachée
Dans l'chœur troisième rangée
Jamais elle ne m'entendra l'appeler
C'est un solo que je dois chanter
Miss, je suis sûre que vous comprendrez

Les lis de Galaad

Ces déjeuners de bienfaisance éloignaient Grace DePriest de ses chères pensées, de ses azalées, de ses violettes, dont elle ne se résolvait à déléguer le soin à personne. Pas même à la bonne Selma, qui avait pourtant une connaissance intime des rouages de la maison : de l'argenterie qui ternissait, de la vaisselle qui s'ébréchait, du linge qui s'élimait, selon un rythme propre à chaque objet, qui avait toujours échappé à Grace. Selma entretenait cet intérieur comme le sien, de sorte que le 306 Oak Alley avait conservé, après le décès de M. et Mme DePriest, la prestance d'une montre ancienne au mécanisme parfaitement huilé.

Mais les fleurs du jardin n'appartenaient qu'à Grace. Elles étaient presque comme ses enfants, compte tenu du temps qu'elle leur consacrait sans rien demander en retour, de tout le mal qu'elle se donnait - à genoux sur les rudes pierres inégales, sa main valide remuant infatigablement la terre - pour dorloter ces créatures superbes mais condamnées, qui achèveraient leur courte vie au cimetière Elmwood, sur la tombe de ses parents.

Rien n'échappait à ses inspections matinales : une corolle anormalement translucide ou une feuille racornie désignaient les fleurs qui deviendraient les prochaines offrandes funéraires avant qu'il ne soit trop tard pour elles. Chaque jour, Grace se rendait au cimetière porter les gerbes fraîchement tombées sous la lame de son sécateur. Jamais elle ne coupait une fleur pour son seul plaisir, comme c'était pourtant l'usage dans les demeures cossues du Sud, où chaque pièce exhibait un opulent bouquet sur une table ronde en bois foncé.

Grace adorait ses fleurs, mais préférait se convaincre que c'était aux enfants du chœur de Brown Chapel Church qu'elle se dévouait corps et âme. « La musique adoucit les mœurs », disait-elle, baguette levée, aux turbulents petits choristes debout devant elle. La directrice de chorale faisait corps avec cette expression au point de croire qu'elle l'avait inventée. D'une certaine manière, le temps passé en silence dans son jardin était la bouffée d'air frais qu'elle inspirait avant de s'immerger dans le chahut des enfants à l'église.

Récemment, Grace s'était entichée – un peu trop violemment, reconnaissait-elle – d'une photographie d'art montrant deux lis blancs tournés l'un vers l'autre, semblant engagés dans un intime pas de deux. Elle avait hésité à l'acquérir. Bien que la totalité de la fortune des DePriest lui appartînt depuis l'accident qui avait emporté ses parents, cet argent restait pour elle l'argent de son père, qu'il avait eù à cœur de faire fructifier afin de mettre sa fille infirme à l'abri du besoin. Elle évitait de faire des dépenses qu'il n'aurait pas approuvées de son vivant.

Thomas DePriest avait toujours cru qu'on ne demanderait jamais la main de sa fille, soupçonnait Grace, qui se refusait à admettre la probable mais trop douloureuse corrélation entre son infirmité et son célibat. Elle se bornait à reconnaître qu'elle ne serait jamais de celles que les hommes remarquaient, contrairement à sa cousine Eudora. Toute jeune déjà, dans ses vaporeuses robes d'été mettant en valeur ses épaules parfaites, Eudora attirait comme une lanterne la nuée de jeunes gens réunis les soirs d'été dans le jardin des DePriest, où s'étaient tenues autrefois de mémorables fêtes.

Après s'être torturée pendant de longues semaines, Grace s'était décidée à acheter la photographie que le collectionneur vendait à prix fort. Elle avait marchandé un peu, sans véritable conviction, redoutant cet homme qui la regardait trop franchement dans les yeux, craignant de ne plus jamais revoir les merveilleux lis. Elle l'avait exposée dans la bibliothèque. Chaque nouveau détail qu'elle y découvrait - une gouttelette de rosée en forme de cœur coiffant un pistil - la laissait sans voix devant le talent de cet artiste rendant gloire à la Création de si prodigieuse manière. Il lui semblait qu'en compagnie de cet homme, elle aurait pu passer des heures à discuter de tout et de rien. Ou simplement, à observer la nature en silence, sa main effleurant de temps à autre la sienne. Aaron Eagle vivait à Memphis, c'est tout ce qu'elle avait réussi à savoir de lui.

Le déjeuner chez Herbert et Brenda Golden dura exactement trois heures et demie, soit une heure de plus que ce qu'avait estimé Grace le matin en agrafant son col de dentelle à sa robe. Amples et froncées, les manches de cette robe donnaient l'illusion que son bras droit, paralysé depuis la naissance, était aussi charnu que l'autre.

Les Golden résidaient comme elle dans le Victorian Village. C'étaient des voisins fortunés avec lesquels Grace, constamment à la recherche de subsides pour ses œuvres, se devait d'entretenir des relations. Au lendemain de l'assassinat du docteur King, de nombreux Blancs avaient quitté Memphis, fuyant la période trouble qui s'était ensuivie. Au contraire, le couple Golden s'y était senti appelé, attiré par l'aura qu'irradiait cette cité frappée par le malheur. C'est là que s'épanouirait dorénavant leur générosité, avaient-ils décidé en regardant les émeutes à la télévision, dans le vaste séjour de leur maison d'Atlanta.

Brenda Golden portait en toute saison un sautoir outrancièrement long – de la même longueur que les cravates de son mari – dont elle se mettait à palper nerveusement les perles chaque fois qu'elle s'apprêtait à dire quelque chose, puisant peut-être à leur contact cette verve qui détonnait avec sa petite personne discrète et arquée, vêtue de laine bouillie. Elle s'arrêtait toujours de parler abruptement, comme devant le précipice d'une phrase que ne devaient pas franchir ses lèvres, puis se rembrunissait à un point tel que ses interlocuteurs avaient l'impression de se trouver devant un tas de cendres froides que rien ne pourrait de nouveau attiser. Herbert Golden se souciait peu des brusques changements de température émotive de son épouse. Il enveloppait Brenda d'un regard invariablement aimant, qu'elle émette une idée compliquée ou distribue de délicieux scones à ses invités, munie d'une pince en argent.

Ce jour-là, l'amour que se portaient les Golden flamboyait dans la pièce où était dressée la table du déjeuner. *Mais ils n'auront probablement pas la chance de mourir ensemble*, s'était dit Grace au moment de s'asseoir. Dans le but de dissiper l'envie que suscitait chez elle la vision de ce couple amoureux, elle invoquait la seule consolation qu'elle avait trouvée dans la mort synchrone de son père et de sa mère.

Herbert et Brenda n'en avaient que pour le Carnaval du coton, auquel ils s'étaient promis de redonner sa magnificence d'antan. Grace avait disposé tout au plus d'une quinzaine de minutes pour exposer les besoins de Brown Chapel Church et des différentes œuvres caritatives dont elle s'occupait à Memphis. Créé dans les années 1930, ce carnaval célébrant l'art de vivre du Sud avait lieu chaque année à la fin du printemps, empiétant parfois sur les fêtes du calendrier religieux. Grace le regrettait, en plus de déplorer qu'il donne lieu à des excès en tous genres.

Au cours du déjeuner, Herbert Golden avait chaussé ses lunettes et déplié une carte de la ville. Il prévoyait modifier le parcours habituel de la parade : au lieu de se mettre en branle à partir de l'ancien marché aux esclaves, avait-il expliqué, elle partirait cette année du port, comme autrefois. Le char allégorique royal, de même que les chars représentant les États de la *Cotton Belt* flotteraient sur de grandes barges sur le Mississippi, sous un ciel pailleté de feux d'artifice. Les Golden souhaitaient bâtir un Sud nouveau et ne semblaient pas à court de moyens pour parvenir à leurs fins.

Ils étaient à la recherche de la jeune fille de bonne famille qui deviendrait la première princesse noire du Carnaval du coton et comptaient sur Grace pour les aider à dénicher cette perle rare. « Les temps ont changé. Les Africains-Américains doivent maintenant prendre part à la parade : c'est le labeur de leurs ancêtres qui a fait le coton roi. » Tout en parlant, Golden fixait les yeux de sa femme, semblant ne pas vouloir porter seul la charge émotive de sa déclaration.

Le coton est la honte du Sud, avait songé Grace.

Tandis que ses hôtes énuméraient les qualités que devrait posséder la virginale princesse noire, Grace avait vu s'esquisser dans sa tête les traits parfaits d'Alabama Ebony, à commencer par ses sourcils haut perchés qui lui donnaient cet air perpétuellement fervent s'accordant si bien avec la musique liturgique. Mais pas une seconde elle n'avait eu l'intention de leur sacrifier sa jeune soliste. Elle avait profité de la tirade des Golden pour se remémorer le jour où le pasteur Whitehead lui avait proposé de lui succéder à la direction du chœur d'enfants de Brown Chapel Church, peu après l'accident d'automobile qui avait coûté la vie à ses parents. Il lui offrait cet inestimable cadeau, lui avait-il expliqué, en mémoire de M. et Mme DePriest, les plus généreux donateurs qu'il avait pu espérer pour son église. Grace avait accepté sans enthousiasme, cherchant à sortir de la torpeur dans laquelle son deuil l'avait précipitée.

Puis elle avait repéré Alabama à travers les ternes petits choristes, bouton de rose fleurissant parmi les ronces. Dans ses grands yeux marron, Grace avait eu tôt fait de lire l'angoisse de la fausse note et l'intense désir de plaire – l'assurance qu'elle pourrait obtenir une juste compensation pour ses efforts bénévoles. Ce dimanche-là, se rappelait-elle, on aurait dit qu'une lumière divine avait éclairé les recoins les plus clos de son être endeuillé.

Sans compter les heures, elle avait taillé et poli la voix d'Alabama. La fillette s'était soumise de bon cœur à cette discipline, paraissant heureuse de devenir l'orgueil de Miss DePriest, le joyau de l'humble petite église d'Auburn Avenue. *Certains enfants sont porteurs de glorieuses promesses*, s'était dit Grace lorsqu'elle avait constaté que la voix d'Alabama dépassait en virtuosité la sienne au même âge.

« Memphis n'est tout de même pas Jéricho », avait finalement lâché Herbert Golden, attendant la réaction que provoquait habituellement cette phrase chez des interlocuteurs férus de récits bibliques.

Penchée sur son assiette cerclée d'or, Grace avait brusquement quitté ses pensées pour réciter dans un murmure : « Maudit soit devant l'Éternel l'homme qui se lèvera pour rebâtir cette ville de Jéricho : il en jettera les fondements au prix de son premier-né, et il en posera les portes au prix de son plus jeune fils. » Elle avait supposé qu'Herbert voulait se convaincre qu'il ne courait aucun danger en prenant d'assaut les traditions sudistes avec sa princesse noire.

Herbert Golden avait ensuite décrit le char allégorique royal en forme de fleur de cotonnier géante, dont la construction nécessiterait des tonnes de plexiglas et un déluge de tissu blanc - gracieuseté de Southern Textiles, avait précisé Brenda en faisant rouler une perle de son sautoir entre le pouce et l'index.

Au dessert, Grace avait réalisé à quel point le couple Golden représentait du sang neuf pour ce carnaval anémique. Tout Memphis se déplacerait pour leur parade, alors qu'une petite grappe de fidèles seulement assisterait à son concert de la Pentecôte, qui aurait lieu le même soir. *Mais les Golden auraient tort de croire qu'ils sont les seuls à vouloir faire évoluer les mœurs*, avait-elle pensé. Elle faisait allusion à la stratégie qu'elle avait mise au point pour convaincre le pasteur Whitehead d'ajouter *Un baume en Galaad* au programme du concert. Ce negro spiritual était magnifique, à la fois simple et si profond. Selma le fredonnait en accomplissant sa besogne. Même à moitié sourd, le pasteur tenait toujours fermement les rênes du chœur d'enfants de Brown Church Chapel, et Grace devait lui faire approuver la moindre décision. Lorsqu'on était le pasteur d'une église sise en plein cœur de la vallée du Mississippi, n'était-il pas sacrilège, se disait-elle, de dédaigner les chants sacrés des esclaves ?

Elle avait mis toutes les chances de son côté en prévoyant une audition au presbytère. Pendant des semaines, elle avait préparé Alabama Ebony. Peu importerait l'humeur du pasteur au jour dit, s'était encouragée Grace – car le vieillard avait ses bonnes et ses mauvaises journées –, puisqu'il serait bien incapable de résister au charme de la jeune soliste. Alabama étant de santé fragile, la directrice de chorale avait pris la précaution de faire également répéter cette fillette que lui avait imposée Jacqueline Smith à quelques mois seulement du concert. Trop rares étaient les gens qui reconnaissaient le travail qu'exigeait la direction d'une chorale d'enfants, constatait Grace. À onze ans, Georgia se frottait aux cantiques pour la première fois. Elle chantait certes juste, mais en singeant les chanteurs à la mode d'une voix nasillarde qu'il fallait corriger, sans parler de son jeune corps ingrat résistant à adopter une posture convenable.

Or, en la préparant pour l'audition, Grace avait constaté qu'à l'instant où Georgia avait entonné le spiritual, sa gaucherie s'était miraculeusement volatilisée. L'enfant avait su syncoper les phrases exactement comme il se devait. À la note la plus difficile, son visage avait emprunté les traits d'une vieille esclave aux reins cassés par la souffrance, mais chantant l'espoir d'un monde plus juste, ne fût-il possible que dans la mort. Grace avait dû serrer les dents pour ne pas pleurer. Cette voix soudain si pure – noire aurait-on dit – avait remué en elle des strates d'émotions qu'elle avait crues depuis longtemps fossilisées.

Vers la fin du déjeuner, Grace s'était permis de jeter un coup d'œil discret à sa montre. Comme elle avait hâte de se retrouver parmi ses plates-bandes ! Tandis qu'elle avalait la dernière bouchée de sa tarte à la patate douce, elle s'était demandé si les lis pouvaient fleurir dans la terre de Jéricho. *Mais il y a des lis en Galaad*, avait-elle tranché.

Puis Herbert Golden s'était levé pour marquer la fin du déjeuner, sa ceinture de cuir sanglant comme un ballot son large abdomen. Grace s'était réjouie de pouvoir regagner enfin son jardin, son sanctuaire.

Studio Lonzie

[Lonzie]

Je ne pouvais pas y croire. Mon propre père ne m'a rien laissé en passant l'arme à gauche. Sacré Aaron : partir sans crier gare, alors qu'il remontait la pente. Fauché par un type imbibé d'alcool qui ne vaut même pas la corde pour le pendre.

Sur le coup, j'ai eu drôlement envie de me barrer d'ici une fois pour toutes et de reprendre ma vie de zéro quelque part. N'importe où. Mais j'ai pensé à la gamine et je ne suis pas le genre d'homme qui jette une orpheline à la rue. Et puis sa présence me console d'avoir perdu mon seul ami. Un vrai baume cette fille.

J'ai décidé de continuer à bosser à m'en fendre les yeux. Aaron ne voudrait pas que son studio soit vendu ou qu'il finisse sous la pelle d'un bulldozer. La gamine jure qu'il n'y a pas de photographe plus doué que moi dans tout le Tennessee et qu'avant longtemps, le studio sera une vraie machine à sous. Je pourrai alors acheter une automobile flambant neuve et aller respirer l'air d'ailleurs autant que j'en ai envie.

Dans le Nord, on se sent plus libres qu'ici, c'est ce que disaient les gars à Shelby County. J'irai peut-être même jusqu'à New York, qui compte des dizaines de galeries où je pourrais tenter ma chance.

Faudrait pas croire que je lui manque de respect alors qu'il est à peine refroidi, mais les natures mortes d'Aaron sont loin de se vendre comme des petits pains chauds, même si elles sont plutôt réussies. Ses photographies de fleurs ont tellement l'air vrai que la gamine prétend qu'elles lui flanquent des allergies. Je les ai rangées sous un drap, me disant qu'un de ces jours je pourrai peut-être les écouler. C'est ce qu'Aaron aurait souhaité.

En attendant, il faudra continuer à trimer dur. Les clients se fichent bien des fleurs. Ce qu'ils veulent, c'est leur portrait, et mieux qu'en vrai de préférence. Comme ce type tiré à quatre épingles qui s'est amené au studio dans sa Lincoln. Incapable de rester en place une seconde, mâchouillant un cure-dents, il jetait des regards à gauche et à droite en m'expliquant sous quel angle je devais le prendre pour qu'on ne voie pas la méchante cicatrice qu'il essaie de cacher sous sa barbe bien taillée. On sait comment sont les gens et c'est pas avec une balafre d'un pouce sur la joue qu'ils imaginent un gentleman, peu importe la couleur de sa peau. Nerveux comme un poisson fraîchement sorti de l'eau, le type. Je n'ai pas besoin qu'on me pointe un revolver sur la tempe pour faire de bonnes photos, l'ami, que j'ai eu envie de lui dire. J'avais bien compris que chacun de ses pores devait transpirer la classe et le bon goût.

Il s'est montré drôlement content du résultat et m'a refilé un gros pourboire en me promettant qu'il reviendrait avec sa femme et sa fille pour un portrait de famille. Après, j'étais gonflé à bloc et je me suis senti d'aplomb pour lui régler enfin son compte, à cette enseigne pourrie. Une idée de la gamine. Je suis monté là-haut et j'ai descendu Aaron lettre par lettre, tandis qu'elle me regardait faire d'en bas, les pouces crochetés dans les poches de son blue-jean. À la place, c'est mon prénom que j'ai boulonné : Studio Lonzie. Maintenant, c'est vrai que je suis mon propre patron.

J'ai gardé le studio, mais sa barque je l'ai vendue.

Amis

Comme c'est étrange de devenir brusquement si léger, on vient de larguer mes amarres et je dérive vers le ciel, se dit Aaron Eagle, conscient qu'en quittant la vie il expulsait des substances putrides qu'il aurait préféré retenir par égard pour l'infirmière qui s'affairait sur sa dépouille.

Mais sachant que cela n'avait plus d'importance désormais, il se mit à rire comme il ne l'avait pas fait depuis longtemps, depuis ce beau dimanche d'été où Lonzie et lui avaient photographié des déchets au hasard sur les berges du Mississippi, avaient imaginé ensemble la photographie du poisson crevé accrochée chez des riches de Memphis près d'un vase de Chine, de même que la boîte de soupe exposée sur un grand mur au musée. Ils s'étaient livrés à ce jeu par pur plaisir, juste pour s'amuser tous les deux.

C'était à la valeur de l'amitié qu'Aaron Eagle consacrait sa dernière réflexion avant de mourir. Non pas à l'exploit qu'il venait d'accomplir quelques minutes avant la collision fatale, en trouvant enfin le courage d'inviter la jolie rousse du Motel Lorraine à sortir un de ces soirs, ni à l'ironie du sort faisant en sorte que ce satané ulcère qui lui avait si souvent gâché l'existence n'avait pas eu le dernier mot.

Oui, j'ai été un ami fidèle, se disait-il, tandis que son âme s'élevait au-dessus de son corps usé par la maladie, que la jeune infirmière lavait pour son dernier repos.

Le silence des justes

Aujourd'hui sera une bonne journée, affirma le pasteur Whitehead pour lui-même en buvant son thé, *car ma main m'obéit, elle soulève la tasse et la porte docilement à mes lèvres.*

L'anse de porcelaine était trop fine pour ses doigts arthritiques, mais sa prise restait solide s'il saisissait la tasse comme un gobelet. Certes sa main le trahissait de plus en plus souvent et il entendait beaucoup moins bien qu'autrefois : le bruit que faisait sa servante dans la maison d'un homme de Dieu qui aspire au silence avait longtemps mis la patience du pasteur à l'épreuve, et voilà que le vacarme de la bourrue Mary Mellow lui manquait !

Mais le pasteur Whitehead acceptait son grand âge avec philosophie. Il ne perdait pas une seconde à regretter son corps de jeune homme, dont il avait délibérément contrarié la nature athlétique pour se consacrer au service de Dieu. Il avait toujours su que c'était sa foi qui déplacerait des montagnes, que c'était elle – et non pas ses muscles ni ses sens – qu'il devait veiller à ne jamais laisser s'atrophier.

À soixante-dix ans révolus, son esprit était encore alerte et il remerciait le Ciel de pouvoir encore se pencher pendant des heures sur les Saintes Écritures sans trop de courbatures. Puisant dans l'infinie sagesse de la Bible, il rédigeait des sermons qu'il souhaitait les plus édifiants possible. Les temps étaient difficiles. Les paroissiens de Brown Chapel Church avaient plus que jamais besoin d'être guidés pour rester sur la voie du Bien, et c'est avec cette conviction qu'il montait en chaire pour s'adresser à eux, avec la fougue qui l'animait comme au premier jour de son sacerdoce dans cette petite église baptiste de Memphis.

Comme chaque fois qu'il évoquait ses ouailles, il eut une pensée pour les prisonniers de Shelby County, dont il était l'aumônier. Ces pauvres diables qui avaient dépossédé, blessé, violé ou tué leurs semblables : n'étaient-ils pas ceux qui méritaient le plus la miséricorde de Dieu ? Il était illusoire de vouloir les sauver tous, reconnaissait-il, mais chaque brebis ramenée au troupeau représentait une victoire sur le Mal.

Le pasteur Whitehead pensa au jeune Lonzie Smith, qu'il n'avait pas reconnu tout de suite dans sa cellule. Tant d'années s'étaient écoulées depuis qu'il avait vu pour la dernière fois le garçon timide qui lui apportait son bois au presbytère ! Il se reprochait de n'avoir pas su déceler, dans le doux regard de l'enfant, les tourments qui étaient probablement déjà ceux d'une brebis égarée. Il admettait s'être intéressé davantage à sa sœur Jacqueline, à l'époque où il dirigeait le chœur d'enfants de Brown Chapel Church. Une petite dotée d'une jolie voix, mais qui peinait à respecter les règles les plus élémentaires de la discipline. « C'est que l'ouvrage ne manque jamais sur la fermette », disait la fillette pour excuser ses retards, cheveux en désordre, ayant manifestement revêtu à la hâte la robe du dimanche que sa maman n'était plus là pour repriser. Le pasteur avait tâché en vain de faire comprendre au père que ses enfants avaient droit au repos du dimanche. Mais il s'était laissé réduire au silence par l'intraitable Joseph Smith.

Il importait plus que tout au pasteur d'être juste et bon. Il avait échoué avec le garçon, mais se reprit avec le prisonnier. Il écouta Lonzie parler de ses démons et énumérer la litanie de ses crimes, où se mêlaient les fautes anodines et les délits les plus graves. Avant que l'on mette la main au collet du coupable, le jeune homme s'était même cru l'assassin du docteur King. Le pasteur Whitehead en fut profondément troublé. Dans sa longue vie, il avait reçu les sordides confidences de criminels endurcis, parfois sur le ton le plus candide qui soit. La manière confuse dont Lonzie avait raconté ses présumés méfaits, les sons discordants que produisaient ses aveux lui donnèrent à penser que le jeune homme avait pu être victime d'une erreur judiciaire. Les cas n'étaient pas rares. « Le Tennessee compte plus de Noirs en prison que sur les listes électorales », avait coutume de dire le pasteur. Mais il était là pour propager la parole de Dieu, pas pour interférer dans la justice des hommes.

« Aucune faute ne peut être effacée, mais tout peut être pardonné par le Seigneur », avait-il inlassablement répété au jeune homme aussi méfiant qu'une bête traquée, comme il le faisait depuis des années avec tous ceux qui croupissaient dans ce pénitencier surpeuplé. Ces condamnés ne voulaient pas être pris en pitié. *Ils ont simplement besoin de sentir qu'ils font toujours partie du clan des humains*, se disait le pasteur.

Le précepte sembla pénétrer la conscience de Lonzie. Il se remit à manger. Il consentit même parfois à sourire. Ce Lonzie plus droit et plus fort, put alors constater le pasteur, cessa peu à peu d'être le bouc émissaire à Shelby County, le « sale taureau » vilipendé par ses compagnons d'infortune.

Le pasteur Whitehead ne se satisfit pas de voir Lonzie recouvrer sa dignité humaine. Mû par son besoin de racheter sa négligence passée, il eut l'ambition de le rendre heureux. À l'approche de sa remise en liberté, il redoubla d'efforts afin d'inciter le jeune homme à s'engager dans une trajectoire vertueuse, se montrant même prêt pour cela à embellir la réalité. Il brossa pour Lonzie le tableau d'une vie enviable – meilleure que celle qu'il était en droit d'escompter dans sa situation –, qui incluait la présence d'une épouse aimante, des enfants à lui, peut-être même la découverte d'un talent resté en friche dans son enfance malheureuse.

Après sa sortie de prison, Lonzie avait trouvé du travail chez un photographe, avait appris le pasteur Whitehead. Il s'était réjoui que le jeune repenti ait résisté à l'appât du gain facile. Lonzie était sauvé : c'était un fait inéluctable que le pasteur pouvait inscrire dans la petite comptabilité qu'il tenait de ses succès et qui servait à le réconforter les jours où survenait l'un de ces épisodes dépressifs contre lesquels il avait dû lutter toute sa vie, si intenses qu'ils parvenaient à plomber sa confiance en ses moyens. « Aurai-je vraiment réussi, pendant mon passage sur cette Terre, à réaliser les desseins qu'Il avait pour moi ? » gémissait-il alors. Au beau milieu de son désarroi, il se demandait pourquoi il était si intransigeant avec lui-même, pour quelles raisons obscures il peinait à se pardonner ses erreurs, alors qu'il parvenait à guérir les âmes les plus meurtries.

Quant à Jacqueline, que le pasteur voyait chaque dimanche à l'église, elle menait une vie simple et ordonnée. Elle travaillait et résidait au Motel Lorraine, cet établissement à l'enseigne fatiguée, à la peinture affadie par les intempéries, qui avait connu des jours meilleurs. Ce n'était un secret pour personne que son propriétaire croulait sous les dettes. Devenu le mausolée décati de Martin Luther King, le motel agonisait en silence au 450 Mulberry Street. Le pasteur Whitehead était de ceux qui souhaitaient le voir rasé et remplacé par un dispensaire, ou même une tour à bureaux. Si on l'eût consulté à ce sujet, il ne se serait opposé à aucune initiative propre à éliminer ce lieu devenu le mémorial de l'injustice, le symbole de la face sombre de l'Amérique. *Une fois ce triste bâtiment disparu, les Memphisiens commenceront à croire que leur ville pourra se remettre de son passé*, se disait-il. Car Memphis n'était pas Jéricho, ni Birmingham, où l'on massacrait des enfants dans les lieux de culte.

Le pasteur avait toujours condamné la ségrégation – ce fléau qui gangrenait le Sud – et souhaitait que les Noirs obtiennent un jour l'égalité des droits. Mais comme d'autres Blancs modérés, il avait jugé King trop impatient, peu soucieux de préserver l'ordre social. Le leader noir n'avait pas hésité à enfreindre les lois, ce qui ne pouvait qu'être répréhensible. Sachant que le christianisme avait mis deux mille ans à accomplir ce qu'il avait accompli, mieux valait ne pas espérer changer les mœurs d'une nation en quelques années. C'était l'opinion du pasteur Whitehead.

Au printemps 1968, se souvenait-il, le révérend King avait invité les hommes d'Église de Memphis, Noirs et Blancs, catholiques et protestants, à descendre dans les rues au nom des éboueurs de la ville en grève – mille trois cents enfants de Dieu qui souffraient, qui ne mangeaient pas toujours à leur faim. Ces hommes travaillaient dans d'infâmes conditions pour un salaire de misère. Deux d'entre eux étaient morts écrasés par le compacteur d'ordures, où ils s'étaient réfugiés pour se protéger de la pluie, le règlement municipal interdisant aux employés noirs de se mettre à l'abri ailleurs que dans le bac de leur camion. Ces décès ignobles avaient provoqué la grève.

Après l'assassinat de King, le pasteur Whitehead avait dû s'avouer qu'il était resté insensible au sort de mille trois cents enfants de Dieu, et avait ainsi pris part à ce que King avait appelé « l'effrayant silence des justes ». Mais on ne pouvait refaire le passé. C'était une vérité qu'il fallait accepter ici-bas, sous peine de s'empêtrer dans les rets du désespoir.

Le pasteur avala une gorgée de thé et s'efforça de changer le cours de ses pensées. Il songea au prochain concert de la Pentecôte, aux cantiques qu'interpréterait le chœur d'enfants dirigé par la dévouée Grace DePriest. Son église n'était pas la plus grande, ni la plus richement pourvue de Memphis, mais elle pouvait s'enorgueillir d'accueillir entre ses murs le plus éblouissant chœur du comté. « Ces voix célestes mettent un baume sur nos souffrances », aimait-il ajouter lorsqu'on lui en faisait compliment.

Posant sans incident sa tasse dans la soucoupe ornée d'une délicate fleur, le pasteur réaffirma : *Aujourd'hui sera sans aucun doute une excellente journée.*

La doublure

Samuel Mellow a tiré sur la natte d'Alabama, qui s'est mise à beugler dans la maison de Notre Seigneur comme c'est pas permis. Elle s'est retournée pour lui flanquer une tape, son beau visage froissé comme un fruit sec. Miss DePriest n'a rien vu ni entendu, sinon il aurait passé un mauvais quart d'heure.

Alabama aurait mieux fait de tendre l'autre natte au lieu de faire œil pour œil dent pour dent. Sinon le monde sera vite peuplé de borgnes et d'édentés, c'est ce que disait le révérend King, m'a appris Jacqueline.

La vie est dure pour Alabama. Les jaloux veulent lui faire perdre l'aimable sourire qui illumine son visage. Tous voudraient être aussi beaux et doués qu'elle, mais ce n'est pas donné à tout le monde.

Je ne suis pas comme Alabama. Je me contente d'être Georgia, même si Miss DePriest n'est jamais satisfaite de moi. Elle baisse le bras au beau milieu d'un morceau pour faire taire l'orgue et les choristes. Elle crie que je ne progresse pas assez vite, qu'on entend encore mon accent dans le chœur. Et la Pentecôte approche à grands pas !

J'obéis pourtant à Miss au doigt et à l'œil. Quand j'ai su qu'elle avait demandé à Alabama de rester après la chorale pour apprendre ce chant d'espoir des esclaves, je l'ai suppliée de me laisser les regarder travailler : « Je vais me faire invisible, m'asseoir sagement sans bouger les jambes ni me gratter, même si ça se mettait à me piquer affreusement quelque part. » Miss a relevé mon menton (Seigneur, je Vous en prie, aidez-moi à me souvenir qu'il faut toujours garder la tête haute) et m'a dit : « Nous allons faire encore mieux, Georgia : tu seras la dou-blure d'Alabama. »

J'ai compris tout de suite c'était quoi une doublure : nous répéterons ensemble, mais Alabama chantera seule devant le pasteur White-head. À moins d'être clouée au lit avec cent quatre de fièvre. Miss DePriest tremble à l'idée qu'Alabama attrape la crève le jour même de l'audition. Si ce malheur devait arriver, c'est moi qui chanterais à sa place.

Que c'est magnifique quand Alabama chante ! J'ai voulu lui dire : « Ta voix est douce et ta figure agréable. Que tu es belle, mon amie, que tu es belle ! Tes yeux sont des colombes, ta bouche est charmante et ta joue est comme une moitié de grenade. »

Quelques dimanches ont passé et mon tour est venu. Le nouveau chant de Miss DePriest est sorti de ma bouche sans effort, contrairement aux cantiques choisis par notre pasteur, qui me restent pris en travers de la gorge comme un os de poulet. J'ai commencé, yeux fermés, mains jointes. J'ai chanté comme je respire. Pour une fois, je ne pensais plus à mon menton trop bas ni à ma robe qui me serre de partout. Je pensais seulement à Lou qui serait si heureuse de m'entendre. La tristesse de l'avoir perdue colorait ma voix.

Quand j'ai ouvert les yeux, Miss me regardait d'une drôle de manière. Elle souffrait, ça se voyait sur son visage, mais pas à cause de mes fausses notes cette fois-ci. On aurait dit qu'elle retenait ses larmes.

J'aimerais tant devenir une grande chanteuse! J'imagine mon nom écrit en lettres de feu au-dessus des grandes portes en arche de l'église: GEORGIA ANGEL. Jacqueline dit que j'ai une voix d'ange et ce nom sera parfait pour moi. Je ferai du bien à tous ceux qui en ont besoin, même aux mamans mortes de chagrin. Portée par le vent de la Pentecôte, ma voix saura vaincre tous les obstacles. Elle franchira les fleuves et les parkings, traversera les montagnes et les gratte-ciel, arrivera jusqu'à Lou pour lui dire que le temps est venu de rentrer. Sinon, elle finira par achever notre mère.

Aujourd'hui, Miss DePriest a conclu la répétition en disant qu'Alabama était prête pour l'audition au presbytère devant le pasteur Whitehead. Demain elle devra mettre sa plus belle robe. Alabama ferait tout pour plaire à Miss, mais laquelle choisir ? Elle en possède des centaines qui sont magnifiques, de toutes les couleurs, brodées ou à volants. En quelques secondes, j'ai vu s'enfiévrer ses yeux-colombes.

La fièvre de la perfection

Quel dommage que Miss n'aime pas les duos, pensa Alabama Ebony. L'idée de la voix de Georgia enlacée à la sienne dans l'église l'avait effleurée un instant, puis s'était enfuie d'un coup d'aile, chassée par une autre idée : celle de la plus belle robe, de la robe parfaite qu'elle devrait porter le lendemain pour l'audition devant le pasteur Whitehead.

Qu'avait donc en tête Miss DePriest ? La robe parfaite n'existait pas. Il y avait la robe étoilée à larges rayures - sa préférée, inspirée du drapeau de son pays -, la blanche comme neige ou la noire de jais que maman étalerait sur le lit en implorant le Ciel de lui désigner laquelle porterait chance. Mais en définitive, savait Alabama, seule existerait la flamboyante robe rouge et or que la main tranchante de papa saisirait par le col et lancerait au visage de maman pour qu'elle en finisse avec ses hésitations. Il choisirait celle-là, sachant pourtant que leur pasteur réprouvait toute ostentation.

Et tandis que Miss DePriest lui expliquait l'importance de paraître à son mieux, puisqu'elle n'aurait que quelques minutes pour transmettre au pasteur l'éternelle beauté de ce negro spiritual, Alabama sentit affluer à ses tempes les vapeurs familières de la fièvre. Trente secondes plus tard, elle fut incapable de respirer, engloutie sous des centaines de verges de tissu, retenue au fond d'un abîme par les méchants tentacules qu'étaient devenus les manches et les rubans.

Une fille comme elle

[Louisiane]

Il faisait trop beau pour un enterrement. Je suis restée enfermée ici à me répéter que son heure était arrivée. Qu'autrement, il est impossible de précipiter les choses dans cette direction. Que peut une fille comme moi contre le destin? Qu'il est stupide de croire que nos pensées peuvent avoir la portée d'une grenade ou d'un fusil! Si c'était le cas, Sonia aurait eu plusieurs fois raison de mon chat qu'elle détestait, hurlant qu'elle lui ferait la peau chaque fois qu'elle le trouvait dans ses jambes. C'était juste une façon de parler. Comme lorsqu'elle disait qu'elle me mettrait dehors à coups de pied au derrière si je ne changeais pas d'air.

À son retour du cimetière, Lonzie s'est dépêché de retirer son costume noir. Le client à la cicatrice était arrivé au studio et c'est pas le genre de type qu'on fait attendre. Il était là avec sa femme et leur fille, vêtue d'une ridicule robe rouge et or. Ses parents la couvent comme un poussin, semblant craindre à tout moment qu'elle prenne froid ou attrape une poussière dans son œil de biche.

Lonzie a fait leur portrait. Comme toujours, il a été un as. Mais ça s'est gâté quand il s'est mis en tête de photographier la fille toute seule, alors que c'était pour un portrait de famille que son père avait sorti une liasse de billets verts de la poche de son veston bien coupé. Mais Lonzie m'a fait les gros yeux. J'ai cessé de discuter, surtout qu'on avait vraiment besoin de cet argent.

Il a fait crépiter son appareil. Elle se pliait à tous ses caprices. « Une fille comme elle séduira le comité du carnaval, j'en mettrais ma main au feu. »

En entendant ces mots de Lonzie, je suis restée sans voix.

L'échantillon

Qui, de nos jours, se préoccupe de voir derrière les apparences ? pensa Eddie Ebony, souriant à l'une de ses jolies couturières en contractant la mâchoire un peu plus d'un côté que de l'autre, évitant ainsi de distendre la cicatrice qui lui striait la joue droite.

Il saisit l'échantillon que le contremaître venait de poser sur la table de coupe devant lui. Autour, tous retenaient leur souffle. Il prit son temps pour admirer l'aspect délicatement lustré de ce voile de coton qui serait réservé à la confection des chères toilettes au bal du carnaval. « Qu'on ne vienne surtout pas me dire que l'habit ne fait pas le moine », lança-t-il à la ronde, joyeux, satisfait.

Après toutes ces années, c'était sans effort qu'il souriait de cette étrange manière. Depuis le jour où un coup de couteau avait incisé sa joue d'adolescent, il avait cherché à atténuer sa cicatrice par tous les moyens, et sans doute y était-il parvenu puisque le regard des gens ne s'y accrochait plus comme autrefois.

Il n'avait pas été élevé dans la soie et le velours comme sa fille Alabama. Dieu merci, la beauté au teint clair qui était devenue sa femme avait tout de suite compris que ce stigmate sur le visage de son homme n'était pas une tare risquant de défigurer leur descendance, mais la preuve du courage d'un enfant des quartiers pauvres de Memphis, qui avait dû en découdre avec tout ce que la ville comptait de petits truands. Et pour avoir fermé les yeux sur la disgracieuse balafre, pour avoir accepté de l'épouser alors qu'il n'était pas l'ombre de celui qu'il deviendrait un jour, Ebony l'avait amplement récompensée. Elle avait eu cette luxueuse villa, les perles, les diamants. « Que toutes les autres aillent au diable », avait fanfaronné le jeune Eddie le jour de ses fiançailles.

Chaque matin, nu dans la vaste salle de bains et s'apprêtant à tailler sa barbe de manière à camoufler au mieux la cicatrice, il prenait le temps de se contempler tel qu'il était véritablement : un individu issu d'une longue lignée d'opprimés.

« Alabama mon bijou, n'oublie jamais d'où tu viens, disait-il souvent à sa fille unique. Rappelle-toi que l'aïeule dont tu portes le prénom a traversé l'Atlantique fers aux pieds dans l'entrepont d'un navire. Souviens-toi qu'elle trouva la mort sous le fouet d'un régisseur, la robe lacérée et le dos couvert d'escarres. »

Ce jour-là, il faisait si chaud dans le champ de coton que la jeune Alabama avait préféré

laisser son nourrisson endormi sous le sycomore qui se dressait à la suite des quartiers des
esclaves. Lorsque les cris du bébé lui étaient
parvenus depuis l'ombre du grand arbre, abandonnant la cueillette pour aller l'allaiter, elle
avait attisé la fureur du régisseur.

Jamais il n'avait eu l'intention d'user de plus
de force qu'il n'en fallait pour la corriger, avait-
il déclaré lorsqu'il avait dû s'expliquer, contrit,
devant le maître. Mais la chaleur accablante qui
l'avait aiguillonné dès l'aube avait dû lui faire
perdre momentanément ses esprits. Cela durait
depuis trois longues semaines, et dans toute la
vallée on commençait à craindre pour la récolte.
Il n'y avait pas d'autre choix que d'accélérer le
rythme du travail. Voyant cette fille quitter le
groupe de cueilleurs qui travaillaient vaillam-
ment sous le soleil de plomb, le régisseur avait
cru avoir affaire à une orgueilleuse en quête
d'un peu d'ombre bien avant la pause de dix
heures. Ne pas tolérer l'injustice dans leurs
rangs, c'était une règle à laquelle il ne dérogeait
point. Tandis qu'elle marchait d'un pas décidé
en direction du sycomore, il lui avait intimé de
s'arrêter. Il jura devant Dieu n'avoir pas entendu
les pleurs de l'enfant, ni remarqué les cernes qui
s'élargissaient sous la poitrine de l'esclave. Elle
s'était obstinée. Il avait vu rouge. À présent,
il regrettait fort son geste. Perdre une habile
cueilleuse à cette période de l'année n'était pas
pour accroître le rendement de la plantation, et
le régisseur tremblait à l'idée d'être congédié.
Mais il put garder sa place. L'une des esclaves

prit l'orphelin à sa charge et s'en occupa comme du sien. « Pour ce qui est de se serrer les coudes, convint le régisseur avec le maître, ils peuvent nous donner des leçons. » On ne perdrait pas le bébé, un robuste enfant mâle dont il serait possible de tirer un bon prix à l'encan dans sept ou huit ans, qui compenserait la perte de sa mère. Cette année-là, un mois d'août brûlant fut à blâmer pour quantité de problèmes sur les plantations dans la vallée du Mississippi.

La nuit, Eddie Ebony rêvait qu'il tentait de porter secours à cette aïeule dont on lui avait raconté la triste destinée. Caché derrière un panier de cueillette, il guettait le départ du régisseur, puis se ruait sur le corps inerte de l'esclave. Le retournant sur le flanc, il voyait avec horreur son propre visage d'adolescent portant l'entaille suppurante fraîchement infligée par le couteau. Dans ce rêve obsédant où le temps était aboli, leurs identités se confondaient. Mais il ne pouvait rien pour elle, ni pour le jeune homme qu'il avait été. Il s'éveillait en sueur dans son lit et la réalité reprenait ses droits : cette femme avait trépassé plus de cent ans avant sa naissance et lui-même était bien vivant dans son pyjama à fines rayures. Il devait se préparer pour se rendre à son usine, où il régnait en maître, ayant le pouvoir d'encenser ou de détruire, d'embaucher comme de congédier.

« On l'a tuée parce qu'elle voulait nourrir son enfant. D'autres, comme Harriet Tubman et Martin Luther King, ont donné leur vie pour la justice. Mais si l'on peut abattre un homme, on ne peut pas tuer son rêve. » C'était le message qu'Eddie Ebony souhaitait transmettre à sa fille, qui prêtait à peine l'oreille, se dégageant des bras de son père à la première occasion.

Il pensa aux quatre fillettes tuées dans l'explosion de l'église de Birmingham, le jour même où son épouse lui avait appris qu'elle était enceinte. Elles avaient été fauchées avant d'avoir eu le temps d'éclore. Heureusement, pour Alabama tout était permis. Le Metropolitan Opera ou les défilés dans les plus grandes villes du monde, même la Maison-Blanche, si tel était son désir. Il voyait grand pour sa fille.

Quelque chose était en train de changer chez Alabama, avait-il constaté récemment. Comme toutes les jeunes filles de sa génération, elle passait des heures à feuilleter des magazines et à regarder la télévision. À sa femme qui s'inquiétait de voir leur fille travailler sa voix avec moins d'ardeur, Eddie Ebony expliquait qu'il était normal qu'à son âge, elle se découvre d'autres intérêts. Il comprenait cela parfaitement, par ailleurs soulagé que l'émancipation d'Alabama prît cette tournure plutôt paisible. Lui-même avait causé d'énormes soucis à ses parents, tant avait été forte sa volonté de prouver au monde entier qu'Eddie Ebony existait, sans foi ni loi.

Récemment, il avait offert à sa fille un joli pendentif vanté par une publicité : une corne d'abondance en or sertie de diamants, censée protéger sa propriétaire de tous les dangers.

« Le bonheur et la sécurité de mon enfant n'ont pas de prix », avait affirmé Ebony en payant la vendeuse. Comme s'il lui avait donné la lune, Alabama l'avait embrassé, puis s'était empressée de glisser la petite corne sur sa chaînette à la place de la croix qui s'y trouvait depuis sa naissance. Sa mère s'était fâchée. *Elle se soucie peu de connaître les véritables aspirations de sa fille*, s'était dit Ebony. *Elle préfère l'emmurer dans une chapelle, certaine qu'elle agit pour son bien.*

Il faisait ce qu'il pouvait pour soustraire Alabama à l'influence de son épouse et de Miss DePriest. La visite au studio de photographie, c'était son idée. Dieu merci, avait-il constaté, il y avait encore des gens à Memphis qui comprenaient le langage du généreux pourboire. Lonzie Smith avait vite saisi que le portrait d'Alabama devrait se démarquer des autres.

Ce jour-là, Eddie Ebony avait été troublé par l'aisance avec laquelle sa fille avait posé devant ce photographe qui, en l'appelant « ma biche », avait obtenu d'elle ce regard de séduction précoce, mais chaste, qu'apprécieraient les membres du comité du Carnaval du coton. En d'autres circonstances, il n'aurait jamais laissé Alabama avec cet homme peu amène, au sourire trop rare pour être sincère. Mais parfois la fin justifiait les moyens.

Il était revenu voir les photographies quelques jours après. Elles révélaient ce que lui-même avait toujours su : Alabama était un spécimen rare, dont la beauté métissée s'élevait au plus près de la perfection humaine. Personne à

Memphis – au monde, osait-il croire – ne pourrait l'ignorer plus longtemps.

Ces photographies firent ressurgir ce désir de revanche qu'il croyait avoir assouvi en devenant un industriel prospère, ce qu'attestaient sa Lincoln immaculée de même que la profusion de marbre italien et de cristal de Bohême qui l'accueillaient silencieusement, le soir, dans le hall de sa demeure. Toute sa vie, son père avait baissé les yeux lorsqu'un Blanc s'adressait à lui en l'appelant « mon garçon » alors qu'il était un homme fait. Sa mère avait maintes fois dû céder sa place dans l'autobus qui la ramenait fourbue de l'atelier de couture où elle était petite main. Avait-elle jamais été appelée respectueusement « madame » par un Blanc ? Bien qu'il sût que toute comparaison était vaine, il se demandait parfois qui, de l'aïeule torturée ou de ses parents libres mais bafoués dans leurs droits, avait souffert le plus.

Mais on n'était plus dans les années 1940 et Eddie Ebony avait pour principe de toujours envisager l'avenir avec optimisme. Tout était possible pour les descendants d'esclaves, depuis que le *Civil Rights Act* avait démantelé les dernières lois Jim Crow. D'une certaine façon, il l'avait lui-même prouvé. Et ce qu'il avait accompli, il l'avait fait pour sa fille. Chaque fois qu'il la voyait tournoyer de plaisir dans une nouvelle robe, il songeait à sa propre mère qui s'était usé les doigts et les yeux à broder les vêtements des riches fillettes de Memphis.

La nuit suivant sa visite au Studio Lonzie, il refit son sempiternel rêve. Pour la première fois, ayant retourné la morte, il ne vit pas son visage blessé de jeune homme, mais le beau visage satiné de sa fille bien-aimée. Il l'interpréta comme un signe favorable du destin.

Devant le contremaître au comble de la nervosité, Eddie Ebony bouchonna l'échantillon dans sa large paume, serra le poing quelques secondes, puis relâcha. Le tissu restait admirablement souple.

« Chez Southern Textiles, nous visons toujours l'excellence », avait-il déclaré plus tôt dans la journée devant les membres de la Chambre de commerce de Memphis, pour la plupart vêtus de complets taillés dans les tissus produits par son usine.

Les deux mille verges du nouveau voile de coton seraient vendues en un claquement de doigts, il en était sûr. *Et l'argent*, se dit Eddie Ebony en signant le bon de production malgré ce léger tremblement de la main que provoquait en lui l'exaltation d'une affaire rondement menée, *l'argent n'est-il pas le plus puissant des baumes ?*

Sainte Blandine et les lions

[Georgia]

Alabama m'a montré une photo d'elle. Avec ses yeux mi-clos et sa bouche de Madone, elle ressemble davantage à une statue en bronze qu'à une princesse.

Son père lui a promis qu'elle serait l'une des princesses au Carnaval du coton, et M. Ebony tient toujours ses promesses.

Dans sa chambre, Alabama s'exerce à marcher avec une lourde couronne. C'est un secret entre nous. Notre directrice de chorale serait contre sur toute la ligne. Miss DePriest déteste Mardi gras et les carnavals, où les gens se comportent mal, pire que des bêtes. Elle nous aime comme si nous étions ses propres enfants et veut nous voir pousser bien droit dans la foi chrétienne, âme et visage nus. Elle nous défend de nous cacher derrière un masque, ou même de nous rougir la bouche ou les joues. « La vie n'est pas une mascarade. Vous êtes l'espoir de notre pays. » Voilà ce qu'elle nous répète dimanche après dimanche.

Elle nous a raconté la vie de sainte Blandine. Attachée à un pieu dans l'arène, la pauvre a réussi à repousser les lions affamés par la seule force de sa foi avant de périr sous les cornes d'un furieux taureau, soulevée de terre comme un sac de farine. En pleurant, Alabama a promis à Miss DePriest qu'elle tiendrait tête aux fauves ou à quiconque voudrait s'en prendre à sa vertu ou à sa foi.

Au Carnaval du coton, les princesses ne chantent pas les louanges de Notre Seigneur. Elles envoient la main et distribuent des sourires à la ronde. Ce serait bien dommage qu'Alabama reste muette comme une carpe, après tous les efforts qu'a faits Miss pour que sa voix devienne cette flèche d'or qui atteint même les cœurs les plus durs.

Jacqueline dit que c'est très mal de ne pas faire fructifier le talent qu'Il nous a donné. C'est ce que j'essaie de faire jour après jour. Au garde-à-vous, je suis aux ordres de Miss DePriest, sous le commandement de notre Père.

Je sais que je pourrais chanter n'importe où : dans une arène, sur un char allégorique ou au sommet des collines rousses de la Géorgie. *Tu es aussi tenace que le coton qui pousse sous le soleil du Sud.* C'est la phrase que j'ai répétée dans ma tête avant l'audition. Pour me donner du courage, en attendant que Miss DePriest vienne me chercher sous le porche du presbytère, où je patientais en prenant soin de ne pas froisser ma robe.

« Le pasteur a une de ses mauvaises journées », a annoncé la servante.

« Le pasteur Whitehead est ma croix », a dit Miss DePriest en me ramenant au motel dans sa décapotable.

L'accident

Grace DePriest circulait rarement aux envi-
rons du Motel Lorraine. Au volant de sa décapotable, elle s'indigna que l'on pût élever un
enfant dans un tel endroit. Mais volontaire-
ment, elle ne creusa pas davantage le filon
de cette réflexion. Elle pouvait se permettre
de penser à Alabama, enfant choyée par sa
famille, dont l'avenir rayonnant se déroulait
devant elle comme un long tapis rouge aux
soies brillantes. Mais pas à Georgia. Sachant
que sa compassion pouvait rapidement virer
à cette pitié malsaine qui déshonore la personne qui l'éprouve tout autant que son objet,
Grace DePriest ne laissait pas l'indigence
prendre les traits d'une fillette de onze ans,
dût-elle faire partie de son chœur d'enfants et
être assise à ses côtés sur la banquette de son
automobile.

Elle freina brusquement, comme venait de
le faire le chauffeur devant elle. Georgia s'arrêta
net de chanter. La file de véhicules immobilisés
s'étirait sur Mulberry Street et tout portait

à croire qu'un accident était survenu près du Motel Lorraine.

Grace se sentit mal tout à coup. Pourquoi n'avait-elle reçu aucun avertissement? Elle avait pourtant ce pouvoir de prédire les catastrophes, ce dont elle avait eu la première manifestation en avril 1968. Elle se trouvait alors dans la bibliothèque, au rez-de-chaussée, les yeux fermés, assaillie par une vision de sinistres taches rouges maculant le sol qu'elle peinait à interpréter. Elle était restée prostrée dans son fauteuil, se reprocherait-elle par la suite, tandis qu'une effroyable bourrasque pénétrait dans la chambre principale à l'étage, puis renversait le précieux vase de Chine. Au moment où sa mère découvrait la fine porcelaine rouge en éclats sur le parquet, le docteur King gisait dans son sang sur le balcon du Motel Lorraine. Janet DePriest avait pleuré sur le sort du grand homme, et sur celui de son vase. Même le meilleur restaurateur d'art ne pouvait faire de miracles en ces cas-là.

Grace avait appris à considérer ces visions comme de précieuses alliées lui permettant d'éviter le plus grand nombre possible de drames. Voilà pourquoi elle avait prévu une doublure pour Alabama, pressentant que sa soliste pourrait tomber malade le jour même de l'audition devant le pasteur Whitehead. Or, pour l'accident qui venait de se produire à une centaine de pieds de sa décapotable, comme pour celui qui avait tué ses parents, Grace n'avait reçu aucun avertissement: pas la moindre

vision de tôle froissée, ni le plus ténu martè-
lement du crâne, annonciateur des affreuses
migraines qui ne lui laisseraient pratique-
ment aucun répit après le décès de ses parents.
Immobilisée dans la file d'automobiles, Grace
DePriest réalisait aujourd'hui que les accidents
de voiture – et combien d'autres catégories de
désastres ? – étaient exclus du champ d'action
de ses prémonitions.

Elle se sentait confuse, mais également
soulagée d'acquérir la certitude que la toute-
puissance dont elle s'était crue investie n'avait
été qu'une illusion. Des objets de valeur étaient
fracassés, des piétons fauchés, des enfants
enlevés, des églises bombardées et des hommes
politiques assassinés sans qu'elle-même ou quiconque pût y faire grand-chose. Il lui sembla
que l'on retirait de ses épaules un fardeau très
ancien.

Faut-il en remercier le pasteur Whitehead?
se demanda-t-elle avec une ironie teintée
d'amertume. Si elle se trouvait plus tôt que
prévu sur Mulberry Street, si cet accident l'amenait à faire la paix avec son pouvoir de prémo-
nition (qui n'était peut-être en réalité qu'une
peur immodérée de l'inconnu lui faisant toujours craindre le pire), Grace le devait au pasteur. Car l'audition minutieusement préparée
n'avait pas eu lieu. Balayant l'air devant son
visage avec sa main nervurée, le pasteur Whitehead avait refusé qu'une seule note soit ajoutée
au programme du concert de la Pentecôte. Sans
même prendre le temps d'entendre la jeune

Georgia qui patientait sous le porche, sa robe tendue sur ses formes naissantes.

Son unique robe du dimanche. Usée et étriquée, pensa Grace sous forme de remarque neutre, dépourvue de malveillance. *Comme la pauvre robe de Jacqueline autrefois.*

Elles avaient l'âge de Georgia. À cette époque, Jacqueline Smith n'était pour Grace que la choriste déguenillée dont les retards courrouçaient le probe pasteur Whitehead, lequel redistribuait ensuite sa mauvaise humeur équitablement entre tous les enfants de la chorale. Grace en tenait rigueur à cette fille qui portait en permanence sur elle des remugles d'étable. Enfant privilégiée pour qui le travail pénible n'existerait jamais, ce n'est que beaucoup plus tard que Grace comprit à quel point l'enfance de Jacqueline avait été pitoyable, entre un père taciturne et un frère voyou, fillette chargée des corvées d'une femme adulte.

Un dimanche, à l'église, Grace s'était moquée de l'allure de Jacqueline. Cette dernière avait contre-attaqué en la traitant de langue de vipère. Le pasteur s'en était mêlé, Janet DePriest avait été mise au courant, le mot « racisme » avait été prononcé. Le soir même, se souvenait Grace, sa mère l'avait convoquée et, de son haut lit en acajou, avait déclaré en fixant sur elle des yeux impartiaux et froids : « Une DePriest ne médit jamais d'autrui. » Ce fut la première et seule réprimande qu'elle adressât jamais à sa fille, qui en fut mortifiée. Car jusqu'alors, Grace s'était sentie une DePriest à cent pour cent en toute circonstance. En dépit de son bras paralysé, et malgré le fait qu'elle ne jouerait jamais du piano comme sa mère, elle était Grace DePriest, fille adorée de Janet et de Thomas, pourvue comme lui de l'abondante chevelure blonde qu'ils tenaient des Dupré, leurs ancêtres canadiens-français. Or, bien davantage entrait en jeu, selon la devise des DePriest, dont elle avait saisi la signification par la bouche de sa mère, de manière plus péremptoire que si elle eût été gravée sur des armoiries depuis plusieurs siècles. Si elle ne faisait rien pour changer son mauvais caractère, avait alors compris Grace, avec elle s'éteindrait la lignée des irréprochables DePriest, qui n'exigeaient rien d'autre en échange de leur générosité qu'un banc familial avantageusement positionné dans la petite église biraciale d'Auburn Avenue, et qui traitaient leurs domestiques avec considération, se vêtaient avec modestie. Grace s'était alors mise à mesurer chacun de ses gestes, chaque pensée. *Que ferait en pareil cas une authentique DePriest?* se demandait-elle continûment. Une vie allait-elle être suffisante pour acquérir la totalité des nobles qualités des membres de sa famille?

Grace s'était montrée plus intraitable encore envers elle-même à la suite du décès de ses parents, car après ce drame, il ne s'agissait plus seulement de devenir la plus aimable de la lignée, mais d'accomplir la tâche solennelle d'honorer leur mémoire. Ainsi, entre ses nombreuses prémonitions qui l'incitaient toujours à la plus grande prudence et les efforts qu'elle déployait pour prévoir ce qui les réjouirait ou les contrarierait, si tant est que ses parents pouvaient l'observer de là où ils étaient, la moindre de ses décisions se trouvait bloquée. Grace s'était certes autorisée à changer un peu la configuration de son jardin et avait acheté la photographie de ces lis qui la ravissait. Et la Cadillac décapotable. Mais aujourd'hui, dix ans après leur décès, elle ne se voyait pas autrement qu'en dépositaire de la réputation des DePriest, en héritière prisonnière de cette grande maison du sud des États-Unis désertée trop tôt par ses parents et qu'elle-même, pourtant libre et riche, ne quittait jamais. Tout au plus s'imaginait-elle parfois marchant dans les rues d'Eisleben en Allemagne, cette cité qui avait vu naître et mourir, au XVe siècle, le moine réformiste Martin Luther, qu'elle projetait de visiter en compagnie du mari qu'elle aurait peut-être un jour.

« Mais bon sang », lâcha-t-elle en tambourinant nerveusement sur le volant. Pourquoi le pasteur Whitehead démontrait-il aussi peu de considération à son endroit ? Ce spiritual signifiait beaucoup pour elle. Elle ne l'avait pas choisi pour son seul plaisir de mélomane, mais en pensant à sa chère Selma, qui, sachant à peine lire et écrire, trouvait matière à réconfort dans les mélopées des champs de coton que sa grand-mère lui chantait. *Les spirituals doivent sortir de l'ombre et entrer dans la grande maison de Dieu*, se disait Grace. À la

Pentecôte, si le pasteur avait fait preuve d'un peu de souplesse, *Un baume en Galaad* aurait été interprété par sa merveilleuse soliste qui avait promis d'y mettre tout son cœur, en hommage à son aïeule fouettée à mort. *Il a piétiné mon projet aussi aisément qu'un œuf de caille*, concluait Grace, démoralisée.

Elle songea à l'audace qui alimentait l'énergique couple Golden, à leur Carnaval du coton qui n'était qu'étalage de la fierté des propriétaires terriens pour leur prospérité imméritée. *Le roman noir de l'or blanc, voilà le titre de l'histoire honteuse qui s'est écrite autour du coton, et qu'il vaudrait mieux brûler aujourd'hui au lieu de le célébrer*, pensait Grace. Il lui répugnait tant de plier l'échine, sachant qu'Herbert et Brenda, eux... Mais elle se voyait forcée de constater que sa combativité s'était tarie. À l'issue d'une lente et méthodique mise à mort, Grace-Langue-de-Vipère avait été éliminée, puis remplacée par la débonnaire Grace DePriest, dépourvue de la volonté et des moyens de faire du mal à quiconque, mais également incapable de tenir tête au pasteur Whitehead, même lorsqu'elle était certaine d'avoir raison. Il ne lui restait qu'à prier pour qu'il change d'avis.

Sur Mulberry Street, le cortège d'automobiles se remettait en branle. Georgia recommença à chanter. En enfonçant la pédale sous la semelle de son escarpin, Grace se rendit compte qu'elle avait presque oublié la fillette.

Lorsque arriva son tour de longer la scène de l'accident près du Motel Lorraine, Grace

DePriest orienta délibérément son regard de manière à ne rien voir qui pourrait venir la hanter par la suite en lui rappelant la disparition de ses parents. Avec une curiosité mêlée de frayeur, elle se permit seulement de jeter un coup d'œil à l'homme étendu sur la chaussée et vit une gerbe de doigts inertes qui sourdait d'une manchette d'un blanc immaculé attachée par un bouton en forme d'ancre de bateau.

Perle rare

Mais où donc est passée Brenda? s'interrogea Herbert Golden. *On pourrait se perdre dans cette maison trop grande*, pensa-t-il en trottinant derrière sa domestique, le souffle court, en direction du vestibule où patientait Lonzie Smith. *Fini les scones à l'heure du thé*, jura-t-il en portant la main droite à son cœur affolé avant de la tendre au jeune photographe, qu'il pria de bien vouloir le suivre jusqu'à son cabinet de travail.

Herbert Golden dégagea une partie de la grande table du fatras qui s'y amoncelait. Le photographe y disposa les photos d'une jeune fille de couleur qui serait peut-être enfin la perle rare qu'il commençait à désespérer de trouver à temps pour la parade.

Et tout de suite ce fut elle. Aucun doute : c'était elle. En voyant les yeux de braise, le pétale carmin de la bouche, et bien qu'il fût conscient de connaître peu de chose à la beauté féminine, tout absorbé qu'il était par ses colonnes de chiffres et ses devis, Herbert Golden fut convaincu qu'au pays de Dixie, où les mentalités évoluaient à pas de tortue, cette princesse du coton mulâtre les rallierait tous.

Heureux d'en avoir fini avec les maux de tête que lui donnait ce projet depuis des mois, il admit qu'en lui s'affrontaient constamment, à armes égales, l'inépuisable optimisme de la jeunesse et la prudence désenchantée de la maturité. Il devait une fière chandelle à ce Lonzie Smith et s'était étonné que ce dernier n'en ait point profité pour lui quémander quelque faveur. *La preuve qu'ils font du bon travail au pénitencier de Shelby County pour réhabiliter les délinquants avant de les relâcher.*

Ce n'est qu'après avoir refermé la porte qu'il repensa à Brenda, se demandant encore une fois où pouvait bien se trouver sa chère épouse en cette heure tardive de l'après-midi.

Couperet

À la fin d'avril, la décision tomba comme un couperet. Le comité du carnaval n'avait pas retenu sa photographie. C'était à sept autres jeunes filles que le talent de Lonzie avait dessiné un futur éclatant.

Sous le coup de l'émotion, Louisiane n'avait pu s'empêcher de formuler de funestes vœux à l'endroit des élues. Elle avait ragé, surtout, que fût du nombre la fille à la robe rouge et or qui s'était présentée au studio avec ses parents..

Curieusement, avait-elle remarqué en regardant la photographie de plus près, cette jeune fille lui ressemblait à s'y méprendre, bien qu'en vérité tout les séparât, hormis leur carnation et leur minceur. Ses yeux immenses avaient rétréci et les lèvres pleines, ciselées par l'ombre du nez, avaient pris un aspect félin. À la base du cou saillaient deux clavicules délicatement incurvées comme des cornes. *Identiques aux miennes*, s'était désolée Louisiane en glissant nerveusement la main sous le col de sa chemisette. Remodelés par le photographe, les traits d'Alabama Ebony étaient devenus les siens. Même l'arrogante robe avait changé, dépouillée de son lustre par le tirage en noir et blanc.

Louisiane avait refoulé ses larmes sous un sourire admiratif qui avait enchanté Lonzie, toujours si peu sûr de lui.

La parade

Par milliers, les Memphisiens avaient afflué vers le port. Ils attendaient impatiemment l'arrivée du char allégorique royal, dont on voyait poindre la silhouette illuminée sur le Mississippi.

Louisiane marchait dans les rues presque désertes de Memphis, après avoir quitté Lonzie Smith qu'elle ne reverrait jamais.

Un peu plus tôt dans la journée, animé d'une étrange excitation, Lonzie s'était mis à chercher une chemise de fête dans les affaires d'Aaron. « Je veux sortir de cette piaule et m'amuser pour une fois », avait-il annoncé à Louisiane. Il étouffait entre ces quatre murs. Tout Memphis se préparait à fêter et lui-même avait drôlement envie de faire la noce. Ainsi, sans plus de cérémonie, l'inepte carnaval où il avait juré de ne jamais remettre les pieds devenait désirable à ses yeux.

Après avoir retourné le placard d'Aaron sens dessus dessous, il avait trouvé la chemise qu'il cherchait, voyante à souhait, n'ayant jamais été portée. Il s'était appliqué à introduire les boutons nacrés dans les boutonnières vierges, en sifflotant un air de fanfare. Il avait passé les heures suivantes à s'enivrer avant la fête.

C'est alors que l'homme peu volubile que Louisiane connaissait s'était mis à vociférer et qu'il avait lâché quelque chose qu'elle aurait voulu ne jamais entendre. Elle dut alors lutter contre la sensation d'étouffer, en portant la main à son cou, comme pour se défaire de l'emprise des serres d'un rapace.

Tout ce temps, comprit-elle en essayant de respirer normalement, tout ce temps sa photo était restée cachée dans la vieille serviette de cuir. Lonzie ne l'avait pas présentée au comité du Carnaval du coton comme il le lui avait promis.

En faisant basculer Lonzie du côté des menteurs, cette volte-face avait pris Louisiane de court. Peinant à encaisser le choc de la trahison, elle avait vu danser devant ses yeux les traînées lumineuses d'un gratte-ciel de Manhattan s'effondrant comme un château de cartes, les taches floues d'une moquette bleu céladon en lambeaux.

Lonzie, en proie à l'enfièvrement de l'alcool qui retroussait sa lèvre supérieure sur des dents inégales, n'avait cessé de répéter qu'il avait agi ainsi pour la protéger. « Mais de quoi ? » aurait voulu hurler Louisiane. Puis, épuisé par sa confession, le jeune homme s'était affaissé sur le canapé-lit et s'y était endormi, sa chemise tachant de pourpre le drap froissé. Il n'y aurait pas de carnaval pour lui le soir.

Après avoir marché plus d'une heure, Louisiane s'était retrouvée dans le district de Downtown, qu'elle connaissait par cœur. Elle portait son blue-jean et sa chemisette, de même que la montre que lui avait donnée Jacqueline à son arrivée au Motel Lorraine. Ses cheveux lui retombaient sur les yeux. Mais bien qu'inchangée en apparence, elle savait que plus jamais elle ne serait la même.

Well you can knock me down
But don't you step on my blue suede shoes

Ses pas la conduisirent vers Brown Chapel Church, où un petit groupe de fidèles, ignorant la frénésie du Carnaval du coton qui gagnait le port, se préparait à assister au concert de la Pentecôte.

Le concert aurait lieu cette année en l'absence du pasteur Whitehead. De retour du pénitencier de Shelby County, le pasteur s'apprêtait à manger lorsqu'il avait trépassé à table. Mary Mellow n'avait rien pu faire d'autre que de constater le décès en plaçant deux doigts sur la jugulaire du vieil homme. Certes, il était parti pour un monde meilleur, se consolaient les paroissiens, qui s'attristaient toutefois qu'il fût décédé une semaine seulement avant la Pentecôte, lui qui avait toujours eu à cœur de souligner cet événement avec une joie empreinte de solennité. Le pasteur avait été lié à cette église si longtemps que plusieurs continuaient de percevoir sa silhouette en chaire, sous forme de halo.

Grace DePriest avait été trop prise par les derniers préparatifs de son concert pour s'affliger du décès du pasteur Whitehead. D'autant plus que la veille, le père d'Alabama s'était présenté chez elle pour lui faire une annonce aussi cinglante qu'un coup de fouet. Sans même prendre la peine de retirer le cure-dents ébréché qui saillait d'entre ses lèvres humides, il l'avait informée que sa fille ne chanterait pas le lendemain au concert de la Pentecôte. *Cet homme se rend-il seulement compte qu'il est en train de me supplicier?* s'était demandé Grace en s'efforçant de laisser flotter sur son visage un sourire en berne. Il avait vite rassuré la directrice de chorale sur la santé d'Alabama : elle se portait à merveille, s'apprêtant à vivre le plus beau jour de sa vie, lorsque étincellerait sa beauté au Carnaval du coton. L'homme s'était ensuite composé un visage empreint de compassion – *aussi éloigné que possible de celui qu'il affichait habituellement*, avait pensé Grace – avant de s'engager dans un sinueux discours où il exprimait ses regrets que soit bousculé à la dernière minute le programme du concert. Il avait félicité la directrice de chorale d'avoir prévu une doublure pour sa soliste, puis avait regagné sa Lincoln en faisant tourner l'anneau d'or de son porte-clés autour de son index.

Prise d'une violente migraine, Grace avait dû s'allonger sur un canapé dans la bibliothèque. Une fois de plus, elle devait constater qu'elle était exclue du club sélect des gens à qui la vie souriait. Ayant levé les yeux vers le mur, elle avait cru percevoir que le couple de lis tentait un geste dans sa direction. Mais veillaient-ils vraiment sur elle, s'était méfiée Grace, ou bien la narguaient-ils ? Pour la première fois, elle avait douté de leur pureté.

Une princesse du coton. Même en y réfléchissant, elle n'aurait su dire quand s'était amorcée la lente métamorphose d'Alabama en demoiselle imbue d'elle-même. Aveuglée par les dons de sa soliste, Grace n'avait pas perçu le changement. Tout au plus avait-elle remarqué les robes aux encolures plus échancrées, révélant le nouveau pendentif qui avait remplacé la croix à son joli cou. Alabama s'en saisissait dès qu'elle avait une minute, faisant tourner la petite corne entre ses doigts menus, perdue dans ses pensées – rêvant probablement d'un garçon, pensait Grace, qui avait plus d'une fois dû frapper sa baguette sur le lutrin pour la rappeler à l'ordre. *Mais comment lui en vouloir aujourd'hui ?* Pour qu'Alabama trébuche à la première occasion – refuser de chanter les louanges du Seigneur à la Pentecôte ! –, Grace se disait qu'il avait fallu qu'une influence contraire à la sienne fût à l'œuvre et sapât le caractère de la fillette à mesure qu'elle s'efforçait de l'édifier.

On ne peut rien contre un père prêt à exhiber son enfant comme un animal de concours, avait-elle soupiré en cherchant son trousseau de clés dans son sac. Comme chaque fois qu'une épreuve lui était infligée, elle était montée à bord de sa décapotable. Elle avait savouré la sensation de rouler sans destination un peu plus vite qu'elle n'aurait dû, dans sa grosse cylindrée qui semblait capable, à travers son pot d'échappement, de dissoudre tous ses soucis dans le ciel de Memphis. Cette Cadillac DeVille était pour elle bien davantage qu'une automobile. Grace se promit de cesser de la considérer comme une dépense extravagante.

À présent, à moins de quinze minutes du concert, rien de terrible ne pouvait plus survenir, se rassurait la directrice de chorale. Elle restait parfaitement calme, entourée de petits anges en chasubles bleues, dont plusieurs étaient soudainement pris d'une envie bien humaine d'aller aux toilettes ou de se faire moucher. Elle tira de sa poche un mouchoir brodé à ses initiales et essuya les narines d'un jeune choriste.

Malgré les craintes qu'il avait inspirées, le temps était clément et l'on pourrait laisser grandes ouvertes les portes de Brown Chapel Church. Georgia chanterait les solos d'Alabama, y compris le spiritual, dont la capiteuse beauté éclorait dans l'église à la toute fin du concert. Ainsi l'avait décidé Grace DePriest, et le pasteur Whitehead n'était plus en mesure de contrecarrer ses vues.

Près du Christ en bronze derrière l'autel, un peu raide dans la robe que lui avait achetée Jacqueline, Georgia réchauffait ses cordes vocales. Une dernière fois, elle glissa la main sous son jabot et caressa le collier qu'Alabama lui avait passé au cou en lui disant qu'il lui porterait chance.

La directrice de chorale s'approcha d'elle et lui souffla quelque chose à l'oreille. La jeune soliste rejeta les épaules en arrière, redressa la tête.

Le souvenir de deux fillettes se tenant la main sur le chemin glacé menant au presby-tère traversa furtivement les pensées de Grace DePriest.

Sur le port, le char allégorique royal accosta enfin sous les applaudissements. Il quitta la barge avec l'agilité d'un amphibien et se hissa lentement sur la terre ferme, puis avança vers la foule. À l'intérieur de cette gigantesque fleur de cotonnier, les spectateurs purent découvrir le roi, la reine et les sept princesses.

Herbert et Brenda Golden avaient hésité à se sacrer couple royal. Pendant des semaines ils en avaient discuté, soupesant le pour et le contre. Rapidement, d'autres préoccupations l'avaient emporté sur celle-là. Herbert avait finalement réglé seul la question, comme tous les autres problèmes qui s'étaient accumulés à une vitesse folle à l'approche du carnaval. Il avait réservé la surprise à Brenda, et lorsque, avec toute la déli-catesse dont ses gros doigts étaient capables, il sortit de sa housse la robe de reine, ce fut une jeune fille de soixante ans aux joues roses de plaisir qui lui sauta au cou.

Tous les membres de la cour royale se mirent à agiter la main en souriant : c'était le signal du coup d'envoi des feux d'artifice. Sur son trône de plexiglas, Herbert Golden avait le sourire d'un organisateur épuisé, mais qui pouvait passer pour celui d'un monarque un peu lassé par les

honneurs. Davantage que ses nombreux déplace-
ments d'un bout à l'autre du port, c'était l'éventualité qu'un orage éclate en soirée qui l'avait
exténué. Car Memphis faisait grise mine depuis
l'aurore. Il avait surveillé toute la journée les
obscurs petits nuages épars, qu'on aurait dits
aimantés, se presser les uns contre les autres
pour former une masse lugubre dans le ciel.
Il avait imaginé les robes et les coiffures rui-
nées, les princesses en pleurs, le velours rouge
des chars trempé jusqu'à la trame. Il s'était surpris à prier pour que le vent tourne et que ces
nuages soient chassés par-delà la limite de la
quatrième falaise des Chicachas, où ils ne cau-
seraient plus de soucis. Au crépuscule, il avait
été exaucé : avant de disparaître complètement
à l'horizon, le soleil avait percé le nuage – une
trouée franche, soudaine, comme on en connaît
dans le Sud.

Aux côtés de son mari, Brenda affichait
le sourire bienveillant d'une dame aussi
consciente de porter un faux diadème que du
fait que les regards convergeaient ailleurs que
sur sa personne : sur les sept créatures belles
comme des pierres précieuses qui les entou-
raient, elle et son mari.

Le char était maintenant proche de la
foule. Herbert Golden se dit que les spectateurs
constateraient bientôt qu'Alabama n'était pas
une Blanche comme l'avaient été toutes les
princesses du Carnaval du coton depuis sa
création en 1931. Puis il se mit à douter qu'on
la remarquât vraiment dans ce décor ruisselant

de blancheur, car la peau de la jeune fille était peut-être trop claire pour représenter sans équivoque la beauté noire.

Soudain le char s'immobilisa. Sous la plateforme, le moteur cracha une gerbe d'étincelles qui se muèrent en langues de feu. Puis survint une explosion.

Herbert Golden ne soupçonna pas immédiatement une défaillance mécanique, mais se crut plutôt la cible d'un tireur embusqué. *Pourquoi l'Amérique tue-t-elle ses héros ? Les temps ont-ils vraiment changé ?* s'inquiéta-t-il juste avant de projeter Brenda au sol, puis de la couvrir de son large corps, épaissi encore par le brocart de sa veste royale qui ferait office d'armure, espérait-il, si d'autres tirs devaient suivre. Semblables à des oies blanches abattues en plein vol, six princesses se lancèrent elles aussi face contre terre, avec un synchronisme parfait enjolivé par le frémissement des crinolines qui tardèrent à s'aplatir.

Seule Alabama Ebony resta debout, aussi droite que si elle eût été attachée à un pieu. Elle porta la main à son cou pour toucher son pendentif censé la protéger de tous les dangers, puis se souvint l'avoir donné à Georgia. *Désormais, tout peut m'arriver.*

La foule criait. Alabama songea à sainte Blandine dans l'arène et sut qu'elle ne s'effondrerait pas. Sentant sa timidité s'envoler, elle envisagea même un instant de se mettre à chanter. Elle se sentait si légère qu'elle crut qu'on l'avait délivrée de cette robe décevante dont elle avait jugé le crêpe grossier lors de l'essayage matinal, alors que ses compagnes caquetantes étaient restées sans voix devant la magnificence des leurs, pourtant identiques à la sienne. Il lui semblait que son vêtement venait de fondre sous l'intensité des milliers d'yeux braqués sur sa personne. Seule sa couronne lui pesait, et d'un geste gracieux, elle s'en départit en la lançant dans la foule.

« Je suis plus valeureuse qu'une princesse, déclara-t-elle en baissant les yeux vers les autres jeunes filles couchées à ses pieds, dont les salves de feux d'artifice et les clairons de la fanfare couvraient les cris perçants. Je suis la fierté de mon pays. »

Alabama se rendit compte qu'elle avait été atteinte au visage par un éclat de plexiglas. La force de rester debout malgré sa blessure, elle la puisa dans le souvenir de la courageuse aïeule dont elle portait le prénom. Elle songea également à sa chère Miss DePriest, qui avait fondé sur elle de grands espoirs, anéantis ce soir par les desseins de son père. Eddie Ebony avait souhaité pour sa fille une scène plus glorieuse que Brown Chapel Church. Il avait cru que, par sa grâce et sa beauté, elle vengerait les humiliations qu'avaient connues leurs frères sur cette terre d'Amérique.

Alabama resta calme et forte, même lorsqu'elle crut voir à travers ses yeux embrouillés de larmes une horde de lions affamés prêts à se jeter sur elle.

Tout ce temps, les spectateurs avaient cru qu'on leur offrait un ballet génialement chorégraphié et avaient ponctué leurs applaudissements de vibrants bravos. Mais quand le feu commença à grimper dans la robe longue de la jeune fille, plusieurs comprirent qu'ils étaient témoins d'un malheureux accident. On n'immolerait pas une enfant du pays pour le spectacle. Une poignée de braves sautèrent sur le char et maîtrisèrent les flammes.

Louisiane arriva à Brown Chapel Church au moment où les portes en arche laissaient s'échapper une voix de soliste mûre et ronde, éblouissante dans les aigus, humble dans les graves. Elle entendait un negro spiritual pour la première fois. Il existait un baume capable de cicatriser les peines, affirmait-il, d'effacer la marque de toutes les trahisons : en Galaad, un lieu merveilleux qui n'était ni Montréal, ni Memphis, ni New York.

Elle mit un moment à reconnaître la voix de sa sœur. Comme envoûtée, elle pénétra dans l'église.

Lorsque Jacqueline aperçut Louisiane, sans manquer une note chantée par Georgia, elle se signa, puis remercia le révérend King et le pasteur Whitehead pour ce miracle.

« Si tu ne chantes pas comme les anges, si tu ne prêches pas comme Paul, tu peux faire savoir au monde entier qu'Il mourut pour nous sauver tous », chantait Georgia alors que l'ambulance

qui transportait Alabama descendait Auburn
Avenue.

Ce ne fut qu'une fois sanglée à la civière
qu'Alabama pensa à la mort. Mais elle n'eut
pas davantage peur d'elle que des fauves. Au
contraire, la jeune fille ressentit une paix iné-
dite en se disant qu'une fois morte son admi-
rable personne réussirait enfin à plaire également à tous, en étant partout à la fois. Car de
sa dépouille qui ne lui serait plus utile, chacun
de ses proches pourrait jalousement garder la
partie qu'il avait chérie de son vivant.

« Mes nattes iront à maman, à papa mon
visage, ma voix à Miss DePriest et mon cœur à
Georgia », décréta-t-elle d'une faible voix.

Équitablement distribuée comme un gâteau,
se sentant enfin entière et invincible, elle perdit
connaissance.

Vocation

Jusque dans son grand âge, Herbert Golden se reprocherait de n'avoir eu le réflexe de protéger aucune des sept jeunes filles, pas même la perle rare qu'il avait eu tant de mal à dénicher et qui heureusement, put-il s'en consoler, ne conserva comme séquelle de l'explosion qu'une petite cicatrice au visage.

Il avait été un piètre roi du coton. Dans cette atmosphère de fin du monde imprégnée de vapeurs de kérosène, seule avait existé Brenda, pour qui il aurait sans hésiter donné sa vie.

« J'ai perdu la bataille de Jéricho. Je l'ai perdue », se lamenta-t-il dans le sommeil agité qu'il connut durant des années.

Jusqu'à sa mort, Alabama Ebony vouerait un grand respect à sa cicatrice à la joue droite, qui ne cesserait jamais de chagriner ses parents et troublerait tous ceux qui la verraient pour la première fois. Mais à ses propres yeux, sa cicatrice était le rappel du jour béni où, à seulement quatorze ans, elle avait reçu l'annonce de sa vocation.

Ce soir-là, le vent de la Pentecôte avait soufflé sur le port. Une joie pure qui ne la quitterait plus lui avait été allouée, quand la veille encore un cheveu noir échoué sur sa manche de percale gâtait son humeur pour la journée. Au terme de la longue réflexion dans laquelle elle s'absorba pendant sa convalescence, Alabama comprit que le Saint-Esprit visitait sans discrimination les carnavals comme les églises, contrairement à ce que prétendait Miss DePriest.

Les lions étaient revenus rôder. Pendant ses études au Memphis Theological Seminary, la jeune fille avait conclu qu'ils représentaient tous ceux qui ne manqueraient pas de se montrer hostiles au désir d'une jeune femme de monter en chaire.

Le jour de son ordination comme ministre du culte, tandis qu'elle se tenait sur l'estrade pour la photographie officielle, il sembla à Alabama Ebony que sa petite cicatrice brillait de mille feux.

1982

Poisson-chat

Chitterlings, poulet cajun, poisson-chat frit. Photographiés sur le menu du Four Way Grill, ces plats tentaient d'affrioler les clients affamés.

Jim Beaulieu s'épongea le front et le cou. « Chaleur d'enfer », soupira-t-il. Au plafond, deux ventilateurs tournaient à plein régime, dont les pales graisseuses ne parvenaient qu'à malaxer sans fin les fumets de cuisine.

La *soul food* est bonne pour le moral, clamait une affiche écornée près de la caisse.

Un peu plus tôt, Jim Beaulieu était passé devant le 450 Mulberry Street. Il avait trouvé le Motel Lorraine plus délabré qu'il se l'était imaginé. Avant d'aller rencontrer Sonia, il s'était arrêté dans ce restaurant pour manger un morceau, cherchant surtout à calmer la nervosité qui s'était emparée de lui en arrivant à Memphis.

Derrière lui, des touristes français écoutaient leur guide qui traduisait les inscriptions sous les photographies de célébrités tapissant les murs et les colonnes. Le patron du restaurant, un pimpant quinquagénaire, entraîna le groupe vers le mur des « King » : Don King, B.B. King, le King Elvis, Martin Luther King.

« Le docteur King venait manger ici lorsqu'il était à Memphis, affirma-t-il fièrement. Poisson-chat frit et salade de choux : c'était son plat favori. Et pour dessert, toujours du *peach cobbler*. »

Le patron n'était pas avare de ces savoureuses anecdotes qu'appréciaient les touristes. Il déplora l'absence de la photo de Bob Barker, qui était pourtant venu dans son établissement, mais avait refusé de se faire photographier. « Monsieur est végétarien », ajouta-t-il en grimaçant.

Il mena ensuite les touristes à la vieille machine à coudre le cuir qui trônait dans l'entrée, appuyée contre le muret de briques. « Cette Landis 12 appartenait au cordonnier qui occupait autrefois la boutique voisine. Nous avons tenu à l'exposer ici. » L'homme avait réparé pendant cinquante ans les chaussures des enfants du quartier, expliqua le patron, parfois gratuitement si les mamans n'avaient pas de quoi payer. Cela avait été le cas de la sienne dans les années 1940. « Parmi nous autres Noirs, il y avait beaucoup d'entraide, poursuivit-il. Cette machine à coudre est un symbole de notre communauté tissée serrée. Memphis est le cœur de l'histoire des Africains-Américains. Ici, ils ont souffert, trimé, lutté. Ils se sont redressés, et vous ne pouvez plus monter sur le dos de quelqu'un qui se tient droit, pas vrai ? »

Jim Beaulieu passa sa commande et ouvrit le *Memphis Daily*. Il n'avait pas fait toute cette route pour suivre le cours d'histoire du patron. Lui-même était descendant d'esclaves nés aux États-Unis qui s'étaient établis au Canada grâce à ce réseau de solidarité que l'on avait nommé le « chemin de fer clandestin ».

Les touristes français mouraient de faim. Sur un ton solennel, une femme annonça qu'elle mangerait du poisson-chat en l'honneur du docteur King. Elle désirait aussi goûter à son dessert, ajouta-t-elle, massacrant le nom du gâteau.

Jim Beaulieu ressentait un malaise à l'idée que l'on se souvînt du docteur King pour ses préférences alimentaires. Mais le grand homme n'appartenait-il pas à tout le monde maintenant qu'il était mort ? Tous se rappelaient précisément ce qu'ils faisaient au moment où ils avaient appris la nouvelle de son assassinat. Jim Beaulieu ne s'en souvenait que trop.

Ce soir-là, Sonia s'était enfuie sans explication et Alice l'avait tenu responsable de son départ. Sur un ton qu'elle n'avait jamais employé auparavant, sa femme l'avait accusé d'avoir servi un ultimatum à leur jeune pensionnaire, de l'avoir poussée à se sauver avec sa fillette. Il n'avait pas réalisé à quel point sa femme s'était attachée à Sonia. Cette nuit-là, en tentant de trouver le sommeil aux côtés d'Alice qui pleurait, il avait pu constater qu'une tragédie nationale compte peu lorsqu'un drame personnel vous afflige.

Sonia n'était pas une mauvaise fille, estimait Jim Beaulieu, mais il était facile de deviner qu'elle n'avait pas connu ce qu'était un foyer stable, des parents qui lui auraient inculqué des valeurs solides et l'auraient mise en garde contre les erreurs qui engageraient son avenir, comme de mettre un enfant au monde à dix-huit ans à peine. Leur pension n'était pas une œuvre de charité, combien de fois avait-il dû le répéter à Alice? Sa détermination à faire prospérer leur petite affaire, son souci d'assurer un confort matériel à son épouse avaient joué contre lui. Et au sujet de Lou, la mignonne fillette au teint mat et aux cheveux bouclés, Alice avait même insinué que...

Après son départ, s'il ne s'était pas contenu par égard pour sa femme assommée de chagrin, il aurait eu des mots violents à l'endroit de cette écervelée venue semer la discorde dans leur foyer. À cause d'elle, leur vie de couple avait volé en éclats et aucun des deux n'avait su comment recoller les morceaux. Mais les liens du mariage étaient sacrés. Rien ni personne ne pouvait les rompre : il s'était accroché à cette vérité pour tenir bon pendant la tempête.

La satisfaction qu'il avait eue à faire porter le blâme à Sonia pour ses malheurs conjugaux fut de courte durée. Il mit du temps à identifier le nœud du problème. Il n'avait jamais désiré avoir un enfant. Il n'avait pas besoin d'une descendance, mais pour Alice, il s'était soumis de bonne grâce aux recommandations du Dr Ogino, au risque que leur sexualité programmée perde la saveur qu'elle avait eue au début de leur union.

Aujourd'hui, il comprenait qu'il écopait pour son incapacité à lui faire un enfant. Il se résignait à porter cette faillite épinglée sur lui telle une lettre écarlate depuis qu'il reconnaissait qu'elle était la cause de ses souffrances et de celles d'Alice, maintenant qu'il admettait qu'aucune preuve d'amour, aucun cadeau, ne pouvait faire oublier qu'il avait échoué à lui accorder ce que le premier venu réussissait à offrir à sa femme. Il avait refusé de s'en remettre à quiconque, surtout pas à un thérapeute. Alice pouvait donner semaine après semaine son âme à la science si cela la soulageait, mais lui-même se satisfaisait parfaitement de l'explication qu'il avait échafaudée en solitaire.

La touriste française achevait de manger son dessert.

Jim Beaulieu pensa au diabète de Sonia. Dans la lettre qu'elle avait envoyée après un silence de plus de douze ans, la jeune femme racontait avoir vécu de petits boulots avant d'être terrassée par la maladie. Elle ne disait pas grand-chose d'autre. Mais qui connaissait un tant soit peu son opiniâtreté pouvait y lire un appel à l'aide. Elle donnait l'adresse du Motel Lorraine, où elle résidait depuis quelques années avec ses deux filles. *Quelle étrange coïncidence*, avait alors pensé Jim Beaulieu, songeant à la date de sa disparition. S'il s'était vraiment écouté après avoir lu la lettre, il aurait laissé Sonia croupir à un millier de milles de

Montréal, là où l'avait menée son attirance pour la vie facile, le soleil, la musique d'Elvis Presley qui jouait autrefois sans répit dans sa chambre.

Mais il était à Memphis et avait la chance de se racheter auprès d'Alice en la ramenant à la maison. Il se demanda comment sa femme trompait l'attente de son côté. Elle devait préparer la chambre des filles. Elle tenait à ce que les petites se sentent enfin chez elles, après avoir passé leur enfance en cavale.

Jim Beaulieu espérait que Sonia pourrait garder sa jambe. *On ne soigne pas correctement les gens ici*, pensa-t-il en avalant une dernière gorgée de café.

Il paya la serveuse et sortit du restaurant avec un gobelet d'eau pour son improbable compagnon de voyage qui l'attendait dans la Pontiac. Il avait fait cette longue route avec un chaton tigré, « le dernier de la portée qui se cherche une gentille famille », avait précisé la voisine d'une voix mielleuse et en arrondissant les lèvres. Jim Beaulieu avait d'abord voulu refuser poliment. Puis il s'était rappelé que Lou adorait les chats. Il avait accepté la boîte, l'avait posée à côté de lui sur la banquette. À Memphis, l'animal pourrait servir d'appât si Lou et l'autre fille de Sonia résistaient à monter à bord, s'était-il dit. *Georgia, la sœur de Lou s'appelle Georgia.* Pourquoi peinait-il à retenir ce prénom ?

En refermant la portière, Jim Beaulieu se rendit compte que sa nervosité avait complètement disparu.

La barque

Walter Bailey avait jeté l'ancre dans le Mississippi et pêchait tranquillement l'achigan, qui ne semblait pas vouloir mordre. Peu lui importait l'humeur maussade du poisson, puisque le ciel était si bleu et que rien d'autre que les cris des oies en route vers le Canada ne striait le silence de ce coin de paradis. Il n'allait pas se plaindre de son sort aujourd'hui.

La barque, il l'avait achetée à Lonzie Smith pour une bouchée de pain et l'avait remisée pendant des années avant de se décider à la mettre à l'eau. « Mais t'attends quoi pour profiter de la vie ? » lui demandait souvent sa femme, qui ne s'en faisait jamais outre mesure pour quoi que ce soit. C'était sans doute pour cela qu'elle lui plaisait tant, reconnaissait-il. On ne la voyait jamais autrement qu'avec un large sourire sur le visage, qui ne demandait qu'à éclore en ce rire dru qui la secouait des épaules jusqu'à la taille.

Il était heureux avec elle et s'en estimait redevable à la voyante qui avait séjourné quelques années à son motel. N'eût été cette jolie rousse qui lui avait prédit une longévité de Mathusalem, alors qu'il se considérait comme un homme fini que le moindre bruit faisait sursauter aussi sûrement que s'il s'était agi d'une bombe capable d'anéantir Memphis tout entière, il ne se serait pas permis de convoler en secondes noces avec une femme de vingt ans sa cadette.

Après l'assassinat de Martin Luther King et le décès subit de sa première épouse, Walter Bailey avait cru n'en avoir lui-même plus pour longtemps. Car si le malheur avait élu domicile dans son motel, si autour de lui on mourait prématurément, pourquoi lui-même aurait-il été épargné ? Il pensait non seulement au docteur King et à sa chère Loree, mais à son ami Aaron Eagle qui était décédé beaucoup trop jeune, de même qu'au couple DePriest, chez qui sa sœur Selma travaillait comme domestique.

Le soir du 3 avril 1968, il était présent au temple maçonnique lorsque le docteur King avait prononcé son dernier discours, aux accents prophétiques. « J'ai été au sommet de la montagne, avait-il dit devant les milliers de personnes qui avaient bravé le mauvais temps pour venir l'entendre, et j'ai vu la Terre promise. Il se peut que je n'y parvienne pas avec vous. Mais je veux vous faire savoir, ce soir, que notre peuple atteindra la Terre promise. »

Le lendemain, il était abattu devant la chambre 306. Apprenant la terrible nouvelle, Loree était accourue dans le parking que surplombait le balcon. Elle avait eu une attaque et y avait succombé quelques jours plus tard. Walter Bailey s'était démené pour garder le motel ouvert. Quatorze ans plus tard, au bord de l'épuisement, il venait d'accepter de se départir du Lorraine.

La main mollement posée sur la canne près du moulinet, il sentit Loree près de lui dans la barque. Curieusement, sa première épouse se faisait plus présente depuis qu'il s'était remarié. Comme si elle voulait s'assurer que son mari ne l'oublierait jamais. Walter Bailey aimait à penser qu'elle se réjouissait pour lui des années douces qui l'attendaient, maintenant qu'il avait déposé son fardeau.

Il se mit à fredonner *Sweet Lorraine* par-dessus le clapotis des vagues contre la coque. Il porta son regard au loin et contempla cette cité construite avec les forces vives arrachées à l'Afrique, sur la terre volée aux Indiens chica-chas. Sa beauté lui mit du baume au cœur.

2000

Le musée

Jusqu'à ce que le premier coup de bélier frappe la façade du Motel Lorraine, Jacqueline avait cru en ses chances de remporter la bataille. Elle avait résisté aussi longtemps que possible, puis avait été expulsée de la chambre qu'elle occupait depuis plus de vingt ans.

Elle gardait sur elle la photo du *Memphis Daily* du 2 mars 1988, où on la voyait escortée par deux policiers hors de la clôture en grillage qui avait été dressée en prévision des travaux. Tête enfoncée sous le bonnet de laine qui la protégeait du crachin, on aurait dit une bête effrayée tirée de son enclos et ignorant où elle finirait ses jours.

Sonia et ses filles avaient quitté Memphis, de même que l'écrivain occupant souvent la 201, où il tapait toute la journée à la machine. Seule Jacqueline était restée après que Walter Bailey se fut résigné à vendre. Elle avait essayé de maintenir un semblant d'ordre dans les lieux avant d'être chassée sans ménagement six ans plus tard, lorsqu'un groupe d'hommes d'affaires de Memphis avait réussi à amasser les huit millions de dollars nécessaires à la reconversion du motel en Musée national des droits civiques.

L'édifice s'était écroulé dans un énorme nuage de poussière, puis de ses cendres avait ressuscité. Car au bout de quelques mois seulement, le résultat s'avéra spectaculaire : l'enseigne jaune fut plus lumineuse, le turquoise des portes des chambres, plus vibrant qu'il ne l'avait jamais été. Les rutilantes Dodge 1959 et Cadillac 1968 garées sous le balcon étaient les répliques exactes de celles que le monde entier avait vues sur les photos prises juste après l'assassinat du docteur King.

Le musée retrace l'histoire du mouvement en faveur des droits civiques aux États-Unis. Les visiteurs sont invités à monter à bord d'une réplique du bus de la ville de Montgomery, où Rosa Parks, le 1er décembre 1955, fut arrêtée pour avoir refusé de céder son siège à un Blanc alors qu'elle était assise dans la section réservée aux Noirs. Ce geste de résistance fut à l'origine du boycottage de la compagnie, qui entraîna de nombreuses manifestations et aboutit à la condamnation par la Cour suprême des lois ségrégationnistes dans les transports. Un peu plus loin, un écran diffuse les images du fameux sit-in de février 1960. Un jeune Noir, assis au comptoir de la cafétéria du Woolworth's de Greensboro réservée aux Blancs, reste impassible alors qu'un Blanc lui verse un milk-shake sur la tête.

La pièce de résistance est évidemment la réplique de la chambre 306 où Martin Luther King, venu soutenir les éboueurs de Memphis en grève, trouva la mort. Le décor a été reproduit avec minutie. À travers une vitrine, les visiteurs peuvent voir le journal du jour reposant sur le lit défait, près des deux tasses de café sur le plateau et du cendrier rempli de mégots. Dans une valise ouverte se trouvent un pyjama et la crème dépilatoire que le docteur King utilisait pour dompter sa forte pilosité.

À la boutique de souvenirs, il est possible d'acheter une tasse ou un tapis de souris d'ordinateur à l'effigie du leader noir, ou bien un t-shirt avec la photo de jeunes Noirs violemment aspergés par les lances d'incendie des forces de l'ordre à Birmingham. *Il existe un feu dont aucune eau ne peut avoir raison*, peut-on lire sous la photo.

Jacqueline Smith n'y mettrait jamais les pieds. Depuis son éviction, elle vivait dehors, en face du musée, parmi quelques meubles protégés par des bâches. Alors que le nouveau siècle s'amorçait, elle occupait jour et nuit ce coin de rue depuis douze ans, en signe de protestation contre ce musée que le révérend King aurait désapprouvé, elle en était persuadée. Il n'aurait pas toléré que les plus démunis soient chassés de leur quartier, où les prix avaient flambé dès l'annonce de la construction de cette attraction touristique – ces gens mêmes dont il avait tenté d'améliorer le sort au cours de sa trop courte vie. Pour honorer sa mémoire, pensait Jacqueline, il aurait mieux valu transformer le Lorraine en dispensaire, en école, en logements à loyer modique ou en foyer d'accueil pour les mères adolescentes.

Assise des heures d'affilée derrière une table bancale, entourée de slogans appelant au boycottage du musée et dénonçant l'embourgeoisement sauvage du quartier, Jacqueline se sentait plus utile qu'à l'époque où elle se démenait pour faire briller miroirs et robinets. Sa vie de femme de chambre lui semblait si lointaine ! Elle avait travaillé dur depuis son plus jeune âge, conformément aux valeurs que lui avait inculquées son père, pour qui l'ouvrage bien fait était une religion. Elle se souvenait que le pasteur Whitehead lui avait enseigné qu'au jour du Jugement dernier, le Créateur demanderait à chacun : « Qu'as-tu fait de ta vie pour servir les tiens ? » Jamais Jacqueline n'avait douté de sa valeur, malgré les humiliations, en dépit des quolibets.

Après la fermeture du Motel Lorraine, une fois passé le désarroi de se retrouver sans domicile, elle avait compris que le Seigneur lui avait confié la mission de perpétuer le véritable message de Martin Luther King : « L'amour est la seule arme possible en ce bas monde. » L'amour que prônait le révérend n'était pas l'amour sentimental qu'éprouvent les époux, ni celui d'une sœur pour un frère égaré, ou l'amour ressenti à l'endroit d'une petite fille à la voix d'ange qui ne sera jamais la vôtre. C'était l'amour du prochain qui n'exige rien en retour. Toute sa vie, en privilégiant l'action non violente pour améliorer le sort des Noirs et des pauvres d'Amérique, le docteur King avait été un prophète de la justice et de la paix. Voilà ce que Jacqueline enseignait aux gens qui n'avaient pas peur de l'approcher, malgré son air revêche.

Comme son héros, elle mènerait son combat jusqu'au bout.

Sa présence dans la rue dérangeait. Un homme avait un jour tenté de mettre le feu au canapé où elle dormait. Un autre avait foncé sur elle dans son pick-up en criant : « Bye bye Jackie ! » Mais rien n'érodait la détermination de Jacqueline Smith, imperturbable comme une falaise battue par l'eau et les vents.

Davantage de gens qu'elle ne l'avait espéré l'appuyaient, et pas seulement à Memphis. Un site internet – une jeune femme lui avait expliqué ce qu'était Internet – avait été créé pour promouvoir sa cause. Des touristes du monde entier venaient la photographier.

Récemment, on lui avait rapporté que les promoteurs projetaient d'agrandir le musée en acquérant la maison de chambres de Bessie Brewer, sur Main Street, d'où la balle qui avait tué le révérend King était venue, selon la thèse officielle. Cette annexe porterait le nom de l'assassin, avait-elle été bouleversée d'apprendre. Le public pourrait y visiter la salle de bains où James Earl Ray s'était posté pour tirer par la fenêtre en direction du balcon du Motel Lorraine. On y exposerait divers objets lui ayant appartenu, comme ses lunettes, ainsi que la carabine portant ses empreintes, qui avait été trouvée à proximité des lieux du crime. Et, « artefact » macabre auquel Jacqueline ne pouvait songer sans avoir un haut-le-cœur : la vidéocassette de l'autopsie de cet homme, décédé en avril 1998.

« Il n'y a pas de limites à la bêtise humaine », marmonna-t-elle en rabattant pour la nuit la bâche au-dessus de son vieux canapé.

Galerie French

« Je suis Eudora French. »

« Galerie French – New York », lut Lonzie Smith sur la carte que la femme lui avait tendue d'une main désenchantée, comme elle avait dû le faire des centaines de fois dans sa vie.

Il souleva le drap et la galeriste découvrit les photographies de fleurs signées Aaron Eagle, appuyées les unes contre les autres comme des cadavres de compagnons d'armes dans une fosse. Elle prit le temps de regarder chacune. Toutes s'avérèrent décevantes : rien à voir avec ce que lui avait dépeint sa cousine Grace, joues empourprées et respiration courte.

Chaque année à pareille date, en quittant New York pour Memphis, Eudora French se reprochait de faire ce voyage vers le sud où plus rien ne l'obligeait à se rendre depuis le décès de sa mère. Et cette fois, quitter les bras de Gary pour se rendre à l'aéroport avait été un tel supplice ! Pendant ces brefs séjours dans sa ville natale, Eudora redevenait malgré elle l'enfant maussade qui ne supportait pas la touffeur des étés du Tennessee, la maigrichonne dégoûtée par la tarte à la patate douce pour laquelle les autres, semblait-il, auraient vendu leur âme.

Devinant qu'elle aurait grand besoin d'un prix de consolation, Gary lui avait fait promettre de se faire plaisir en allant entendre la grande Georgia Angel au House of Blues.

Memphis était à présent une destination touristique en pleine effervescence reconnue comme le berceau du blues. Le coton n'était plus que le pâle emblème du passé. La ville avait réussi à s'extirper des années moroses qui avaient suivi l'assassinat de Martin Luther King et se faisait à présent séduisante, offrant à ses hôtes un large éventail de distractions.

Plus tôt dans la journée, Eudora avait visité l'interminable jardin de Grace, où bouillonnaient des cascades de fleurs multicolores. Au déjeuner servi par Selma, elle avait subi l'incessant bavardage de sa cousine, dont la forte voix aiguë résonnait dans la propriété des DePriest, qui ne l'impressionnait plus depuis qu'elle pouvait s'en offrir une semblable. Oncle Thomas et tante Janet : à qui la vie n'avait réservé que de somptueux cadeaux – *si l'on excepte l'infirmité de leur fille*, pensait Eudora – devenus si naturellement leur dû que l'on ne saurait jamais si le couple aurait pu vivre heureux en se contentant d'infiniment moins, ainsi qu'avait dû le faire sa propre mère toute sa vie.

Sa cousine se faisait un point d'honneur de lui donner les dernières nouvelles de Memphis. Jacqueline Smith persistait à protester contre le Musée national des droits civiques. Grace s'était rendue de nombreuses fois à son camp de fortune avec l'intention de sortir Jacqueline de la rue en lui offrant une place chez elle comme domestique. Selma était âgée et ne pouvait désormais plus accomplir seule certaines tâches. Stoïque, Jacqueline lui tendait une main boursouflée par les piqûres de moustiques l'été, gourde sous une moufle usée l'hiver, puis invariablement récitait à Grace ces paroles du Christ à ses disciples : « Si quelqu'un parmi vous veut être le premier à mes yeux, qu'il soit l'esclave de tous. » Les refus répétés de Jacqueline offensaient Grace, qui était d'avis que Jacqueline ne servait personne en se ruinant la santé et en s'opposant aux initiatives pour revitaliser ce district pauvre de la ville.

Grace entretenait également Eudora de son cher chœur d'enfants, ne manquant jamais de souligner qu'il était la pépinière où avait éclos la chanteuse Georgia Angel. Ces sujets expédiés, elle se réfugiait avec sa cousine dans leurs plus anciens souvenirs. La riche héritière était trop progressiste pour regretter ouvertement une époque qui n'avait été idyllique que pour une minorité de Memphisiens, mais elle se plaisait à évoquer en privé les années où ses parents vivaient encore, qui avaient été les plus heureuses de sa vie. Sans qu'elle en fût consciente, sa voix reprenait le timbre qu'elle avait eu dans l'enfance et ses phrases se faisaient plus naïves. Dans cette salle à manger presque aussi vaste que la nef de Brown Chapel Church se révélait alors une femme fragile que seule Eudora connaissait.

Une fillette cachée derrière la bergère Régence pour épier ces deux cousines quinquagénaires, avait imaginé Eudora pour s'amuser, qui se serait d'abord attardée sur la maîtresse de maison sédentaire submergée par la nostalgie, aux cheveux gris tirés vers l'arrière et vêtue d'une large veste à épaulettes cintrée à la taille – lui donnant la silhouette austère d'un vieux samouraï versant cérémonieusement le thé –, qui aurait ensuite observé la femme d'affaires d'allure encore jeune qu'était Eudora, dans ses luxueux vêtements achetés aux quatre coins du monde, aurait eu sous les yeux la preuve vivante qu'il était avantageux d'aller tenter sa chance dans la ville la plus excitante du monde.

Lonzie Smith était resté planté près d'Eudora French sans vraiment la regarder. Il remit avec précaution le drap sur les natures mortes d'Aaron Eagle, comme s'il s'était agi d'un linceul. Il s'absenta un instant et revint avec une serviette en cuir élimé, qu'il lui tendit d'un geste brusque. *Comme si elle lui brûlait les doigts*, remarqua la galeriste.

Des photographies se trouvaient dans la pochette latérale. Elle les sortit et les examina avec attention. Après toutes ces années dans le métier, elle avait appris à considérer l'art sous le seul angle de sa valeur marchande.

Et ces nus valaient de l'or.

Cette adolescente était certes ravissante – *ne le sont-elles pas toutes à cet âge?* –, mais cela ne suffisait pas à expliquer le trouble que l'on ressentait à la regarder. Sous les poses faussement adultes, plus encore que la sensualité, le modèle irradiait l'amour. La gamine avait aimé celui qui la photographiait, Eudora French en était certaine. Elle s'était abandonnée à lui. On reconnaissait là le véritable don de l'artiste : réussir à prendre au modèle ce qu'elle a de plus pur, puis l'immortaliser sur la pellicule. Et d'une certaine manière, cette fille à peine nubile déposséderait à son tour ceux qui prendraient du plaisir à la regarder. *De leur dignité*, se dit la galeriste, consciente qu'en dépit de leur indéniable valeur artistique, les photographies transgressaient les limites du genre. Mais elle avait perdu depuis longtemps l'envie de critiquer les goûts et la moralité des riches collectionneurs privés à qui elle devait son succès.

Elle réalisa que le jeune modèle avait l'âge de sa fille Pearl mais n'y accorda pas d'importance. Elle n'avait pas construit sa carrière avec de la sensiblerie. Les photos avaient été prises en 1978, lui avait dit l'homme, de sorte que l'adolescente était aujourd'hui une femme plus proche de son âge que de celui de Pearl. Une femme comme il y en avait des millions, menant une vie parfaitement normale et ayant probablement tout oublié de sa jeunesse dissolue, préoccupée de ce qu'elle préparerait à sa famille pour le prochain repas et du temps qu'il ferait au cours du week-end. Peut-être n'avait-elle jamais vu les photographies.

Eudora French savait qu'il vaudrait mieux ne pas les exposer. Mais peu importait puisque, une fois rentrée à New York, il suffirait de quelques coups de téléphone pour qu'elles trouvent preneur.

« Nous, les marchands d'art, sommes d'humbles passeurs qui font traverser les œuvres de la rive de l'ombre à celle de la lumière », expliquait la galeriste lors des entrevues qu'elle accordait à la télévision, croisant et décroisant agilement les jambes de cette manière inimitable que toutes les femmes cherchaient à copier, croyait-elle.

Elle prit soin de cacher son excitation sous un épais masque d'indifférence et réussit à obtenir le lot pour une somme dérisoire, que Lonzie Smith empocha prestement en paraissant la trouver correcte. L'homme n'était certes pas bavard, mais quand il la regarda enfin en lui serrant la main, Eudora French crut lire du soulagement dans ses yeux.

Pour une fois, se félicita-t-elle en sortant de chez lui avec la vieille serviette de cuir, son voyage à Memphis lui rapporterait davantage qu'il ne lui aurait coûté.

La galeriste marcha rapidement sur Mulberry Street à la recherche d'un taxi. Elle croisa le Musée national des droits civiques et constata à quel point ce district avait changé. Elle s'arrêta un instant pour prendre son téléphone portable dans son sac. Elle avait hâte d'annoncer à Gary qu'elle serait rentrée avant la nuit.

À l'angle des rues Mulberry et Butler, Eudora French remarqua cette femme dont lui avait parlé Grace, coiffée d'un foulard sombre et de lunettes de soleil, installée sur le trottoir au milieu de quelques vieux meubles. Juste avant d'entendre la voix de Gary, elle s'étonna d'apercevoir au cou de Jacqueline Smith une merveille d'orfèvrerie : une petite corne d'abondance en or sertie de diamants qu'elle estima à plusieurs milliers de dollars.

Et alors ?

Louisiane courait dans l'aéroport LaGuardia, jetant des coups d'œil à sa montre, contrariée de devoir forcer le pas de son fils qu'elle tenait par la main.

C'était leur pacte : être ponctuelles aux rendez-vous qu'elles réussissaient à se ménager à travers l'emploi du temps chargé de Georgia. Arriver à l'heure convenue, ne jamais se faire attendre.

Georgia avait chanté la veille à Memphis. Avant de s'envoler pour Tokyo, elle disposait de deux jours, qu'elle passerait à New York avec elle et les enfants. Louisiane s'était fait une joie d'aller accueillir sa sœur à l'aéroport, accompagnée d'Hester et d'Adrian. Ces moments passés en famille lui paraissaient encore plus précieux depuis le décès de leur mère. N'était-ce pas l'essentiel de ce que Sonia leur avait inculqué : toujours être là l'une pour l'autre ?

À quelques reprises pendant la semaine, elle avait répété à Hester l'heure d'arrivée du vol en provenance de Memphis. Rien n'avait laissé présager qu'au dernier moment, l'adolescente, rivée à l'écran de l'ordinateur, lui opposerait un non catégorique. Louisiane avait insisté, lui rappelant qu'elle n'avait pas vu sa tante depuis deux mois. « Et alors ? Je la verrai plus tard », avait répondu Hester, son fin visage nimbé de lumière cathodique.

Louisiane avait senti la colère lui picoter les yeux. Au lieu d'admettre qu'on ne peut forcer une adolescente de treize ans à monter dans une automobile, elle s'était engagée dans une lutte à deux où elle avait perdu les minutes qui lui manquaient à présent pour être à l'heure. Puis elle s'était décidée à partir avec Adrian, tout excité d'aller voir atterrir les avions.

Aucune mère ne pouvait sincèrement prétendre être surprise par l'adolescence de son enfant, pensait Louisiane. Toutes s'y préparaient plus ou moins consciemment dès le berceau, et elle-même ne faisait pas exception.

Mais n'espérons-nous pas toutes/Que le nôtre prendra le temps qu'il faudra/Pour sécher ses ailes duveteuses à notre souffle/Avant de s'envoler ?

Dans le taxi la conduisant à l'aéroport, Louisiane avait réussi à s'apaiser. *L'insolence soudaine d'Hester n'annonce pas une fugue*, se raisonna-t-elle. *Il ne faudra pas m'alarmer non plus si elle refuse un dessert ou se met à s'observer un peu trop longuement dans le miroir en rentrant son ventre.* Chaque être avait sa destinée. Elle-même avait déjoué toutes les prédictions en devenant écrivaine. De retour à

Montréal, elle avait fréquenté l'école et vite rattrapé les années perdues. Kerouac et Faulkner – dont les noms lui avaient été inintelligibles à l'époque où l'occupant de la chambre 201 les avait prononcés – étaient devenus ses phares dans la nuit, comme les autres auteurs des livres de la grande bibliothèque chez M. et Mme Beaulieu qu'elle avait dévorés avec l'avidité d'une condamnée remise en liberté.

Un des lacets d'Adrian s'était défait. Elle s'arrêta et s'accroupit devant lui. Une femme portant une serviette en cuir, dont l'aspect miteux contrastait avec l'élégance de sa tenue, passa en coup de vent et faillit la renverser.

Nous sommes tous tellement pressés. Remercions les petits garçons de nous forcer à ralentir la cadence.

Louisiane se releva et reprit la main de son fils. Inutile désormais de consulter sa montre. Il lui restait à souhaiter qu'elle trouverait sa sœur entourée de ses fans, juchée sur ses chics escarpins de suède bleu, trop occupée à signer des autographes pour avoir remarqué son retard. Et alors, il serait épargné à Georgia de ressentir, ne serait-ce que quelques secondes, la détresse qui l'avait glacée un soir d'avril 1978 dans l'escalier de pierre de Brown Chapel Church.

Notes de l'auteure

Nous avons créé dans ce roman une Memphis imaginaire, à partir d'éléments topographiques et toponymiques réels et fictifs. On cherchera en vain une représentation fidèle de la ville américaine.

Cinq personnages sont inspirés de personnes réelles : Jacqueline Smith, Loree et Walter Bailey (décédés respectivement en 1968 et 1988), le propriétaire du Four Way Grill (Willie Earl Bates) et Martin Luther King. Les faits et dates se rapportant à ce dernier sont exacts, sauf pour la nuit blanche à la suite de l'appel anonyme, que nous avons située en 1965 pour des raisons de cohérence romanesque, alors qu'elle est survenue en 1956.

p. 50 et p. 203
Récités par Martin Luther King et chantés par Georgia : extraits du spiritual *There Is a Balm in Gilead* (« Un baume en Galaad »). Traduction libre.

p. 58
La description du père ayant « des bras durs comme de la roche et des cuisses comme des troncs d'arbres, du front tout le tour de la tête » est empruntée à la chanson *La Bitt à Tibi* de l'auteur-compositeur-interprète québécois Raôul Duguay.

p. 62 et p. 195
En italique : extraits de la chanson *Blue Suede Shoes*, composée par Carl Perkins et interprétée par Elvis Presley.

p. 68
« Personne ne sait l'chagrin qu'j'ai eu, personne ne l'sait, sauf Jésus » est tiré du célèbre spiritual *Nobody Knows the Trouble I've Seen*, traduit en français par Marguerite Yourcenar dans *Fleuve profond, sombre rivière*.

p. 162
La description que fait Georgia de son amie Alabama est tirée du Cantique des Cantiques de la Bible.

Table des matières

Suivez les Éditions Stanké sur le Web :
www.edstanke.com

Cet ouvrage a été composé en EideticSerif 12,5/14,4
et achevé d'imprimer en mars 2013 sur les presses
de Marquis Imprimeur, Québec, Canada

certifié   procédé   100% post-   archives   énergie
sans chlore   consommation   permanentes   biogaz

Imprimé sur du papier 100 % postconsommation,
traité sans chlore, accrédité Éco-Logo et fait à partir de biogaz.